चुनी हुई
बाल कहानियाँ

प्रभात प्रकाशन, दिल्ली

चुनी हुई बाल कहानियाँ

सं. रोहिताश्व अस्थाना

भाग-1

प्रकाशक • **प्रभात प्रकाशन प्रा. लि**
4/19 आसफ अली रोड,
नई दिल्ली–110002

संस्करण • 2025
मूल्य • पाँच सौ रुपए (प्रति खंड)
एक हजार रुपए (सैट)
मुद्रक • नरुला प्रिंटर्स, दिल्ली

CHUNI HUI BAL KAHANIYAN (Selected Stories for Children)
by Dr. Rohitashva Asthana Vol. I ₹ 500.00
Published by Prabhat Prakashan Pvt. Ltd., 4/19 Asaf Ali Road, New Delhi-2
e-mail: prabhatbooks@gmail.com ISBN 978-93-5186-539-1 (प्रथम खंड)
ISBN 978-93-5186-541-4 (दो खंडों का सैट)

माँ, कह एक कहानी

मैथिलीशरण गुप्त ने 'यशोधरा' काव्य में बहुत ही स्वाभाविक वर्णन किया है कि बालक दादा-दादी, नाना-नानी से कहानी सुनाने का आग्रह करते हैं। राहुल अपनी माँ से कहता है—

माँ, कह एक कहानी,
अच्छा कह लेटी ही लेटी
तू मेरी नानी की बेटी
राजा था या रानी
माँ, कह एक कहानी।

आजकल पारिवारिक विघटन की त्रासदी में कहानी-कथन समाप्तप्राय है, लेकिन कहानी का प्रभाव उल्लेखनीय और स्थायी है। साने गुरुजी अच्छे लेखक होने के साथ-साथ अच्छे कहानी वाचक भी थे। उनकी कथा-कथन शैली लुभावनी और प्रभावशालिनी थी।

भारतीय स्वतंत्रता संग्राम में वे जेल गए। जेल में एक काला हवलदार था। वह अपना परिचय इन शब्दों में देकर कैदियों को डराता था—

जैसा मेरा जूता काला,
जैसा मेरा डगला काला,
जैसा मेरा पट्टा काला,
जैसा मेरा डंडा काला,
वैसा मेरा दिल है काला।

एक दिन काला हवलदार साने गुरुजी के बैरक के सामने आकर खड़ा हो गया। रात्रि का

समय था। तथाकथित देशद्रोही वहाँ एकत्र थे। किसी भी षड्यंत्र की आशंका थी। काला हवलदार छिपकर सुनने लगा। घटना का पूरा विवरण अपने अधिकारियों को देने के लिए उसने ध्यान देकर एक-एक शब्द सुना।

साने गुरुजी कहानी सुना रहे थे। रस-विभोर श्रोताओं में काला हवलदार भी छिपकर आनंद लेने लगा। तत्पश्चात् प्रतिदिन जिस तरह देशभक्त-क्रांतिकारी आते थे, उसी तरह वह भी आने लगा। गुरुजी की कहानियों का प्रभाव उसपर भी पड़ा और उसने देशभक्तों के प्रति उदारता बरतने का निश्चय किया।

एक रात्रि जब सभी श्रोता अपने-अपने बैरकों में प्रस्थान कर गए, तब वह साने गुरुजी को अकेला पाकर लालटेन लेकर पहुँचा। गुरुजी सोने की तैयारी कर रहे थे। उन्होंने उससे आने का कारण पूछा।

उत्तर नहीं मिला। गुरुजी ने देखा, वह रो रहा है और हिचकियाँ भर रहा है। गुरुजी ने सांत्वना दी तो उसने कहा, ''मुझे अपनी नौकरी पर अफसोस है। मैं आप और आपके साथियों के ऊपर जो अत्याचार करता रहा हूँ, उसपर मुझे क्षोभ है। अंग्रेजों की नौकरी करते हुए मैंने देशभक्तों पर जुल्म किए हैं। उसके लिए क्षमा चाहता हूँ।''

वास्तविक प्रायश्चित्त परखकर साने गुरुजी ने उसको हृदय से लगा लिया।

कुछ साहस करने का अवसर देखकर उस हवलदार ने विनती की, ''एक दिन मेरे घर चलकर आप मेरे बच्चों को दर्शन दीजिए।''

गुरुजी ने यह आग्रह स्वीकार कर लिया। काला हवलदार ने व्यवस्था की। रात में वह साने गुरुजी को घर ले गया। सो रहे अपने बच्चों को उसने उठाया। गुरुजी ने एक कहानी सुनाई।

बच्चे रीझ गए। बहुत श्रद्धा से उन्होंने गुरुजी के चरण छुए।

काला हवलदार फिर गुरुजी को बैरक में ले आया। उसका व्यवहार बदल गया। देश और देशभक्तों के प्रति उसके हृदय में सम्मान के भाव थे।

कुछ दिनों बाद गुरुजी जेल से चले गए। उनके बैरक में शिरुमाइ लिमये आ गए। उनसे काला हवलदार 'कहानी कहनेवाले बाबा' की याद कर विह्वल हो जाता और कहता कि 'उनकी कहानियों के प्रभाव से जब मुझ जैसे प्रपंची में परिवर्तन आ गया तो निश्छल बालकों को उनकी कहानियाँ निश्चित ही निरंतर प्रेरणा देती हैं। और बाबा इसके लिए जो समय देते हैं, उसे भी भुलाया नहीं जा सकता। मुझपर और मेरे बच्चों पर कहानी का प्रभाव अपने में याद रखनेवाली एक कहानी है।'

इस प्रकार हम देखते हैं कि बच्चे कहानियों से जीवन निर्माण की प्रेरणा अप्रत्यक्ष रूप से प्राप्त करते हैं। इनसे उनका मनोरंजन एवं ज्ञानार्जन होता है। काल्पनिक कहानियाँ उन्हें वैज्ञानिक

बनने के लिए उद्वेलित करती हैं। वास्तविक कहानियाँ उन्हें यथार्थ से जूझने की शक्ति देती हैं। प्रयोगों की कहानियाँ उन्हें वैज्ञानिक सूझ-बूझ देती हैं। कल्पना की स्लेट-खड़िया छूट जाती है और लिखने के लिए तरह-तरह के कागज और कलम से लिखने का अभ्यास बन जाता है। अगर कोई आरंभिक स्लेट-खड़िया की निंदा करे या अंग्रेजी लिखने के लिए चार रूल वाली कॉपी को अनावश्यक बताए तो वह गलती करता है।

बच्चे कहानियों में सर्वाधिक रुचि लेते हैं। हिंदी के बाल साहित्यकार कहानी विधा के महत्त्व और इस माध्यम से संस्कार-संशोधन के लिए सदैव प्रयत्नशील रहे हैं। वे जानते हैं कि कहानियाँ सुनने की उत्सुकता बच्चों की लालसा बन जाती है और इसकी पूर्ति के लिए वे अपनी स्वाभाविक हरकतों को भी स्थगित करके कहानी सुनते/पढ़ते हैं। इस तथ्य को अरस्तू ने भी माना है कि बच्चों की शैतानियों को सीमित एवं नियंत्रित करने के लिए रोचक कहानियाँ सुनानी चाहिए।

उत्सुकता की कसौटी पर कहानी की रोचकता प्रत्येक बालक परखता है और उसका अवधान (क्लाइमेक्स) पर निर्भर करता है। बड़ों की कहानियों के बारे में एडगर एलन पो ने कहा है कि आधा घंटे से लेकर एक घंटे तक का समय किसी व्यक्ति के अवधान को केंद्रित रख सकता है। लेकिन बच्चों के लिए यह कथन समीचीन नहीं है। बच्चों की उत्सुकता उनके अर्जित ज्ञान पर निर्भर करती है और इसके अनुसार ही कहानियों का कलेवर तैयार किया जाना चाहिए।

बच्चे कहानियों में उत्सुकता तभी दिखाते हैं, जब वे अपनी अनुभूतियों में सामंजस्य देखते हैं। बच्चों की अनुभूतियों को कैथरीन और दूसरों की डनलप ने बालकों की कहानियों के अनुसार इस प्रकार वर्गीकृत किया है—

1. लयपूर्ण अवस्था
2. काल्पनिक अवस्था
3. साहसिक अवस्था
4. कोमल भावनाओं की अवस्था।

शिशुओं से लेकर किशोरावस्था तक के बालकों की रुचियाँ क्रमश: विकसित होती रहती हैं; लेकिन आजकल टी.वी. ने इस क्रम में अवस्था से पहले सबकुछ बताना-सिखाना शुरू कर दिया है। शिशुओं की लयपूर्ण अवस्था में बाल कहानियों में गीतों का माध्यम रहता है और कुछ पंक्तियों की पुनरुक्ति से मधुरता उत्पन्न की जाती है। डॉ. श्रीप्रसाद की अनेक कहानियाँ लय से परिपूर्ण हैं और बच्चे उनमें लोक-कहानियों की अनुरूपता पाते हैं। श्री स्वर्ण सहोदर और डॉ. विद्याभूषण विभु ने कहानियों को लयात्मकता दी।

शैशव के पश्चात् काल्पनिक अवस्था का प्रारंभ होता है। इसमें घरेलू वातावरण के

अतिरिक्त परियों आदि की कहानियाँ प्रियकर होती हैं। श्रीबख्श (फूलपरी), दिविक रमेश, जयप्रकाश भारती आदि ने परियों की उपादेयता को मानकर बहुत अच्छी कहानियाँ लिखीं। 'मेरी प्रिय बाल कहानियाँ' श्री जयप्रकाश भारती की उल्लेखनीय पुस्तक है। इस संकलन की कहानियों की विशेषता उनमें विविधता से है। बच्चे भारत के हों या भारत से बाहर के, सभी इन कहानियों का रसास्वादन सप्रेम करते हैं। पढ़नेवाले कहानी के साथ-साथ आदर्श की ऊँचाई और अनुभव की गहराई—दोनों की सकुशल यात्रा करते हैं। पढ़ते-पढ़ते आत्मस्मृति के क्षणों में वे पात्रों के साथ जुड़ जाते हैं। वे कभी पुश्काना बन जाते हैं तो कभी मारिया। पाठकों को लगता है कि ये कहानियाँ फूलों के रस में डूबी हुई हैं।

साहसिक अवस्था में शिकार कथाएँ, यात्रा कहानियाँ और जीवनियाँ बालकों को अच्छी लगती हैं। श्री नर्मदा प्रसाद मिश्र ने 'देशभक्ति की आहुतियाँ' और 'कलियुग के सतयुगी सपूत' शीर्षक से बहुत से वीरों और उनके साहसिक कार्यों के विवरण दिए हैं। सर्वश्री प्रताप सहगल, रोहिताश्व अस्थाना, नागेश पांडेय 'संजय', जगदीश चंद्र शर्मा, रूपसिंह चंदेल, चक्रधर 'नलिन', सुमित्रा कुमारी, शकुंतला वर्मा, भगवती प्रसाद द्विवेदी, सत्यदेव नारायण सिन्हा, नीलम राकेश, मनोरमा जफा, रमाशंकर, जाकिर अली 'रजनीश', शोभनाथ लाल, शंभूनाथ तिवारी, श्रीमती रतन शर्मा, रतन लाल शर्मा, आर.पी. सिंह, भैरूँलाल गर्ग, व्यथित हृदय, हरिकृष्ण देवसरे, सीताराम गुप्त, प्रभात गुप्त, शंकर सुलतानपुरी, जयप्रकाश भारती आदि की कहानियाँ बच्चों में यात्रा एवं साहस के कार्यों की उत्प्रेरक हैं।

कोमल भावनाओं की कहानियाँ सर्वश्री नर्मदा प्रसाद खरे, रामानुज लाल श्रीवास्तव, चंद्रपाल सिंह यादव 'मयंक', राधेश्याम सक्सेना, 'ऋषिकेश', आनंद प्रकाश जैन आदि ने लिखीं। इस अवस्था के बालकों को यथार्थपरक कहानियाँ भी सजग साहित्यकारों ने दीं। बालकों की समस्याओं पर भी लेखकों ने ध्यान दिया और समाधान खोजने की स्वयं-स्फूर्त प्रेरणा भी दी।

हिंदी में डॉ. हरिकृष्ण देवसरे ने अपने अनेक लेखों के माध्यम से किशोर मन को दिशा देने की आवश्यकता व्यक्त की है। उन्होंने यथार्थ के धरातल पर बाल साहित्य को प्रतिष्ठा दिलाई है। सर्वश्री अनंत कुशवाहा, विष्णुकांत पांडेय, रत्नप्रकाश शील, देवेंद्र कुमार, यादवेंद्र शर्मा चंद्र, द्रोणवीर कोहली, सावित्री देवी वर्मा, मनोहर वर्मा, उषा यादव, सुरेखा पाणंदीकर, दर्शन सिंह आशट, सुधाकर प्रभु, शीला इंद्र, यादराम रसेंद्र, प्रसाद निष्काम, शिवचरण चौहान, प्रतीक मिश्र, भालचंद्र सेठिया, सुशील चंद्र गुप्त आदि ने किशोर बालकों के लिए अच्छी कहानियाँ लिखी हैं।

बाल कहानियों के तत्त्व

1. कथावस्तु :

कथावस्तु का चयन बच्चों की ग्रहणशीलता के अनुसार किया जाना चाहिए। भयभीत करनेवाले वर्णन, घृणा, क्रोध, जुगुप्सा, ईर्ष्या के प्रकरण बालकों के लिए हितकारी नहीं हैं। मनोवैज्ञानिकों ने इनको अनुपयुक्त तथा अनुचित माना है।

ग्रहणशीलता की दृष्टि से छोटे और बड़े बच्चों की कहानियों में कथावस्तु की भिन्नता रहती है। सामाजिक, काल्पनिक, ऐतिहासिक वास्तविक कथावस्तुओं में से हमें बच्चों की ग्रहणशीलता, दूसरे शब्दों में, रुचि-भिन्नता के औसत को ध्यान में रखकर चयन करना चाहिए।

कथानक बच्चों की रुचि पर निर्भर करता है। बच्चों की उत्सुकता की परख लेखक को करनी पड़ती है। इसके लिए कथानक का ताना-बाना इस तरह निर्धारित करना पड़ता है कि बाल पाठक की रुचि किसी भी स्तर पर न घटे। कथानक के प्रारंभ से चरमोत्कर्ष तक उत्सुकता बराबर बनी रहे। इस मानक पर इंद्रजाल कॉमिक्स अधिक प्रभावपूर्ण सिद्ध हुए हैं। बालक इन कहानियों को शुरू से अंत तक पढ़ना चाहते हैं और ये कहानियाँ उनको जकड़ लेती हैं। पढ़ते समय कोई व्यवधान उन्हें सहन नहीं होता।

वेताल कथाओं में भी रुचि-संपन्नता होती है; लेकिन माँगे गए यथार्थ का अभाव इनमें रहता है। बच्चे इनसे तालमेल नहीं बैठा पाते। इनके पाठक आधुनिक समस्याओं का समाधान करने में अपने को सहज-सामान्य नहीं रख पाते।

अत: नौ से बारह वर्ष तक के बच्चों के कथानक चुनते समय हमें उनके मनोरंजन के साथ-साथ यह भी ध्यान में रखना चाहिए कि कथावस्तु आनेवाली परिस्थितियों में उन्हें सफलता की प्रेरणा दे सके। बच्चे सहज रहकर सक्षम बनने की ओर ध्यान दें। कथावस्तु की दृष्टि से शीला इंद्र की कहानी 'एक प्रश्न एक समस्या' और यादराम रसेंद्र की कहानी 'अखबारवाले लड़के की कहानी' को अच्छे स्तरीय मानकों की कसौटी पर कसने पर भी हमें उनकी गुणवत्ता की सराहना करनी पड़ती है।

इस अवस्था के बच्चे साहसिक कहानियों का चयन प्रथम वरीयता से करते हैं। किसी निर्धन या दीन की सहायता करना, संकट में विपन्न व्यक्ति की प्राणरक्षा के प्रकरण बच्चों को बहुत लुभाते हैं। साहसिक वर्णन कभी-कभी अविश्वसनीय भी बन जाते हैं। फेंटम की कहानियाँ और स्पाइडर मेन की कहानियाँ बच्चों में अवांछनीयता भी उत्पन्न करती हैं। इनको पढ़ने से बच्चों में दुस्साहसिक प्रवृत्तियाँ भी उत्पन्न होती हैं, जिनके परिणाम अहितकर हुए हैं। ऐसी कहानियाँ नहीं लिखनी चाहिए।

गणतंत्र दिवस पर साहसी बच्चों को वीरता के पुरस्कार दिए जाते हैं। इनके वर्णन बहुत प्रभावकारी और विश्वसनीय होते हैं। डॉ. हरिकृष्ण देवसरे ने इनके जीवंत प्रसंगों को कहानियों का स्वरूप दिया है। बाल पाठकों के लिए ये विवरण बहुत प्रेरक और मोहक हैं।

2. चरित्र चित्रण :

बालकथाओं के मुख्य नायक धीरोदात्त और ललित बनाने की पुरानी परंपरा में अब परिवर्तन आया है। अब सामंती काल की अपेक्षा आधुनिक काल के नायक चुने जाने लगे हैं। अपने समय की बदलती परिस्थितियों के अनुसार इनका चरित्र चित्रण भी परिवर्तित हुआ है।

बदले परिवेश की एक अन्य विशेषता चरित्र-प्रधान कथानकों का चयन भी है। इनके निर्वाह में शास्त्रीय नियम-पालन में भी छूट बरती गई है। अब यह अधिक ध्यान से देखा जाता है कि बच्चे चयनित चरित्रों को आत्मसात् करते हैं या नहीं; घटनाओं के अनुसार बच्चों से उनका तादात्म्य स्थापित होता है या नहीं।

सुदर्शन की कहानी 'हार की जीत' में बालक बाबा भारती से अधिक खड़ग सिंह को बेहतर समझते हैं, जो युक्ति से घोड़ा उड़ाकर ले जाता है।

चरित्र चित्रण की प्रचलित चार रीतियाँ निम्नलिखित हैं—

क. पात्रों की क्रियाओं द्वारा

ख. वार्त्ताओं द्वारा

ग. लेखकीय अनुकथन द्वारा

घ. पात्रों की स्वीकृत धारणाओं द्वारा।

3. कथोपकथन :

ये कथोपकथन बाल कहानियों में जड़ से चेतन की भिन्नता को समाप्त कर देते हैं। पशु-पक्षियों के बीच भी संवाद स्थापित किए जाते हैं और बाद में स्वभाव के अनुरूप इनको ग्रहणीय बनाया जाता है।

संवाद की भाषा को पात्रानुकूलता असीम आनंद देती है। पशु-पक्षियों की भाषा में नाद सौंदर्य रखना (आनोमोटोपाइया) स्वाभाविकता लाता है।

इतिहास कथाओं में पात्रानुकूल संवाद ज्ञानवर्धक होते हैं। इनके लेखन में कुशलता का निर्वहण किया जाना चाहिए।

संवादों के विपरीत एकालाप (मोनोलॉग) से भी पूरी कहानी बच्चों के लिए लिखी जा सकती है। छोटे बच्चों के लिए एकालाप में लिखी कहानियाँ अनुपयुक्त होती हैं। बड़े बच्चों के

लिए विद्वान् के. नारायणन की कहानी 'ट्रांजिस्टर' (पराग, 1968) को उदाहरण के रूप में प्रस्तुत किया जा सकता है।

4. चरमोत्कर्ष :

बाल कहानियों का चरमोत्कर्ष (क्लाइमेक्स) किसी भी पाठक को सोचने के लिए बाध्य कर देता है। लेखक की कुशलता से तैयारी ऐसी होती है कि चौराहे पर खड़ा पाठक यह अनुभव करता है कि जाएँ तो जाएँ कहाँ? पाठक कहानी की उत्सुकता के शिखर पर अपने को रोक नहीं पाता और अंत ज़ानने की उत्सुकता में पढ़ने को बाध्य हो जाता है। भूलभुलैया में रास्ता खोजने का आनंद किसी भी पहेली को बूझने जैसा वर्णनातीत होता है। चरमोत्कर्ष कहानी का चौराहा है।

5. अंत :

कहानी का अंत समापन, उपसंहार आदि नामों से अभिहित किया जाता है। काव्य-न्याय की दृष्टि से बच्चे भी चाहते हैं कि सज्जन को परीक्षाग्नि में धकेला जाए और उसे सीता की तरह सकुशल आना चाहिए। यह न हुआ तो बच्चे को अच्छा नहीं लगता। काव्य-न्याय के विपरीत जिन कहानियों का उपसंहार होता है, उनमें बच्चों को निराशा होती है। लेखक को चाहिए कि बच्चों की यथार्थपरक कहानियों में भी (कहानी का) उद्देश्य किसी प्रकार आहत न हो।

6. देशकाल :

चूँकि बाल कहानियाँ बोधात्मक भी होनी चाहिए, इसलिए उनमें देशकाल का ध्यान रखना वांछनीय है। सुप्रसिद्ध नाटककार विलियम शेक्सपियर ने अपने नाटकों में समय, स्थान, क्रिया-संगति आदि का ध्यान रखा, वैसी संगति हमें भी बाल साहित्य की रचना करते समय कहानियों में रखनी चाहिए। अफ्रीका में लिवरपूल की प्रकृति का वर्णन करना उचित नहीं। अकबर के दरबारे-खास में संसदीय फर्नीचर का कोई औचित्य नहीं है। इसी प्रकार किसी बौद्ध से फारसी भाषा के व्यवहार की कोई संगति नहीं बैठती।

बच्चों की कहानियों में भी हमें ऐतिहासिक संगत्रयी का निर्वाह करना चाहिए। पौराणिक कहानियों में आधुनिक समस्या का समाधान हो सकता है, लेकिन वर्तमान सभ्यता का विवरण देना उचित नहीं है।

कन्हैयालाल मिश्र 'प्रभाकर' क़ी कहानी 'चार मौलवी' (सा. हिंदुस्तान—17 नवंबर, 1968) में अकबर कालीन वातावरण जीवंत है। इससे बच्चे ऐतिहासिक परिवेश का बोध प्राप्त करते हैं।

7. शैली :

लेखक भाषा की सजीवता से विवरण को सजीव बनाता है। भाषा की सरलता से प्रभाव उत्पन्न होते हैं। मुहावरेदार भाषा से सजावट भी आती है और रोचकता बढ़ती है। भाषा की शुद्धता भी अनिवार्य है, अन्यथा बच्चे उसे प्रमाण के रूप में भी प्रस्तुत कर सकते हैं।

बाल कहानियों में भाषा के बाद शैली महत्त्वपूर्ण है। प्रचलित बाल कहानियों में वर्णनात्मक, संवादात्मक, पत्रात्मक, डायरी आदि पद्धतियाँ प्रमुख हैं। वर्णनात्मक तथा विवरणात्मक शैलियाँ बच्चों की रुचि को नहीं बाँध पातीं, उनका ध्यान आकर्षित नहीं करतीं। कहने की शैली भिन्न हो तो भी उसमें घटना-प्रधानता अपरिहार्य है।

उद्भ्रांत की कहानी 'नीली पहाड़ी का दैत्य' (नंदन, मई 1970) में विवरण बहुत सजीव है। इसके वर्णन हर कोने से अच्छी पोटोग्रामी जैसा अनुभव देते हैं।

बच्चों की कहानियों में संवाद यदि प्रश्नोत्तर रूप में प्रस्तुत हैं तो वे बच्चों को त्वरित आकर्षित करते हैं। बेताल पच्चीसी, अकबर-बीरबल विनोद, तेनालीराम तथा गोनू झा की हाजिर-जवाबी के उत्तर बच्चों की सोच को विकसित और उनकी उत्सुकता को जाग्रत् करते हैं।

शैली के प्रसंग में अध्यापन और लेखन में अंतर है। लेखक अध्यापक की तरह प्रतिबद्ध नहीं रहता। लेखक अधिक स्वतंत्र है। प्रभाव डालने के लिए उसकी अभिव्यक्ति सीमित नहीं रहती। अत: लेखक को किसी एक शैली में लिखने के लिए विवश नहीं किया जाना चाहिए। वह एकाधिक शैलियाँ एक समय में ही व्यवहार में ला सकता है।

प्रचार, आदेश, जानकारी तथा मनोरंजन के रहते बाल कहानी का कोई अन्य उद्देश्य भी होना चाहिए। राजनीतिक अथवा धार्मिक प्रचार बाल कहानियों का लक्ष्य नहीं होना चाहिए। बच्चों को ज्ञान-विज्ञान के सहारे अपने लक्ष्य निर्धारित करने के अवसर देने चाहिए। उनपर कोई चीज थोपना उनकी वाचन-पाठन प्रगति में अवरोध डाल सकता है। इनसे बचने के लिए बच्चे अपनी पसंद की पुस्तक खोजने लगते हैं और उनको लाकर तुष्टि-लाभ लेते हैं या टी.वी. देखते हैं।

यह प्रसन्नता की बात है कि हिंदी में बाल कहानियों की पुस्तकें विविध हैं। उपदेशात्मकता से शुरू हुई बाल कहानी अब मनोवैज्ञानिकता के शिखर पर प्रतिष्ठित है। पंचतंत्र और ईसप की कहानियाँ तो पुस्तकाकार में उपलब्ध हैं ही, इनके अतिरिक्त नए ढंग से वैज्ञानिक परिप्रेक्ष्य में बहुत सी कहानियाँ प्रकाशित हैं। इनको नए ज्ञान-विज्ञान के आधार पर प्रस्तुत किया गया है। पिछली कहानियाँ जहाँ समाप्त हो गई हैं वहाँ से नई घटनाओं को जोड़कर उन्हें आगे बढ़ाया गया है। अब मगरमच्छ बंदर को दुबारा अपने घर ले जाता है। वह जानता है कि शरीर से कलेजे को अलग नहीं

रखा जा सकता है।

नवीनता की ऊँचाई और भावों की गहराई नापनेवाली बाल कहानियों को पुस्तकों के अनुसार निम्नांकित भागों में विभाजित किया जा सकता है—

1. चित्र-प्रधान कथा पुस्तकें :

नन्हे-मुन्नों के लिए चित्रों की प्रधानता लिये कहानियों की पुस्तकें नयनाभिराम आवरण पृष्ठ से संयुक्त प्रकाशित की गई हैं। इनकी तुलना किसी भी विदेशी पुस्तक से की जा सकती है। चिल्ड्रन बुक ट्रस्ट, नेशनल बुक ट्रस्ट, प्रभात प्रकाशन, हेमकुंड, राजकमल प्रकाशन, परग प्रकाशन, पीतांबर पब्लिकेशन आदि की प्रस्तुतियाँ बहुत प्रशंसनीय हैं। सर्वश्री कुदशिया जैदी (अलबेली बछिया), कुलभूषण (मुन्नू के मित्र), रमेश भाई (नटखट मौसी), नर्मदा प्रसाद मिश्र (बिल की खोज में तथा यतरूराम), द्वारिका प्रसाद माहेश्वरी (अपने काम से काम) आदि की पुस्तकों में चित्रात्मक सुंदरता अधिक है। कहानी के साथ आकर्षक चित्र प्रधानता लिये रहते हैं।

2. लोककथाएँ :

लोकतंत्र में 'लोक' शब्द का गौरव विकसित हुआ है और तदनुसार भारतीय साहित्य में भी लोक-साहित्य स्वतंत्रता के पश्चात् की प्रगति का परिणाम है। वैश्वीकरण की राजनीतिक गतिविधियों की आँधी ने लोक-जीवन को झकझोरा है। लेकिन जनमानस आज भी प्राचीन पद्धतियों को छेड़ने में हिचकिचाता है। अतः बच्चों की लोककथाओं का समावेश लोक-साहित्य का अभिन्न अंग है।

रामनारायण उपाध्याय का लोककथा संग्रह 'चतुर चिड़िया' पुरस्कृत पुस्तक है, जिसमें 'झूठी बिल्ली', 'चतुर चिड़िया' आदि अच्छी और प्रसिद्ध कहानियाँ हैं। इनमें निमाड़ की माटी की महक और सहकारी रहन-सहन की सुगंध पाई जाती है।

दयाशंकर मिश्र 'दद्दा' की पुस्तक 'लुंक्को मॉसी' के संवाद चुटीले और रोचक हैं।

अन्य लेखकों में शिवमूर्ति सिंह 'वत्स्य' ('नटखट मेमना', 'नटखट चूँ-चूँ', 'नई कहानियाँ', 'बेल के अंडे'), शिवानी (पशु-पक्षियों की लोककथाएँ), आनंद प्रकाश जैन (भारतीय गौरव की लोककथाएँ, तेलंगाना की लोककथाएँ', 'डेनमार्क की लोककथाएँ), राजेंद्र शर्मा (महाभारत के पशु-पक्षियों की कहानियाँ), राममूर्ति मेहरोत्रा (पौराणिक कथाएँ), गोविंद चातक (पक्षियों की कथाएँ), बाल भूषण एम.ए. (हम मगारदास), वृंदावन नामदेव (सरल बीस कहानियाँ), गौरी शंकर लहरी (चिड़िया जीती, सजा हारा) आदि ने लोककथाओं की प्रस्तुति में नए प्रयोग किए हैं।

लोककथाओं की गंगा का पानी कम भले ही हुआ हो, लेकिन प्रवाह की निरंतरता में

अंतर नहीं पड़ा है। सर्वश्री रामकुमार, जाकिर अली 'रजनीश', अरशद खान, कृष्णा नागर, अनंत कुशवाहा, शिवचरण चौहान, श्यामला कांत वर्मा, भगवती प्रसाद द्विवेदी, शोभानाथ लाल, रोहिताश्व अस्थाना, हरिकृष्ण देवसरे, चंद्र दत्त शर्मा 'इंदु', देवेंद्र कुमार आदि ने जगन्नाथ के रथ की भाँति लोक-बालकथा रथ को आगे बढ़ाने का प्रयास किया है।

3. हास्य तथा विनोद की कहानियाँ :

उत्सुकता और मनोरंजन को प्रधानता देकर उपदेशों के चाबुक से डरनेवाले बच्चों के लिए विशुद्ध हास्य तथा विनोद की कहानियों की ललित पुस्तकें इधर बहुत आई हैं। टी.वी., अमर चित्र कथा टिंकिल डायमंड पॉकेट बुक्स आदि के प्रचलन से विशुद्ध ललित मनोरंजक पुस्तकें प्रकाशित की गई हैं। इनमें प्रत्युत्पन्नमतित्व का प्रदर्शन उपलब्ध है। सर्वश्री धर्मपाल शास्त्री (मूर्खों के मूर्ख), सत्यदेव चतुर्वेदी, कमला मेहरोत्रा, आ़बिद सुरती, अनंत कुशवाहा, प्रसाद निष्काम आदि ने अच्छी हास्य कहानियाँ लिखी हैं।

4. परियों की कहानियाँ :

भारतीय वाङ्मय में अलौकिक शैलियों का अस्तित्व सुदूर भूतकाल से माना गया है। बंगाल और असम की जादूगरनियाँ, अप्सराएँ, किन्नरियाँ आदि अलौकिक शक्तियों से परिपूर्ण थीं। इनमें परियों की भी चर्चा की जाती है। 'अभिज्ञान शाकुंतलम्' में तिलिस्मी विधा जाननेवाली विविध शक्ति-संपन्न नारियों के प्रसंग मिलते हैं, जो शकुंतला को दुष्यंत के राजदरबार में उड़ाकर ले जाती हैं और उसका पालन-पोषण करती हैं।

डॉ. हजारीप्रसाद द्विवेदी ने 'अशोक के फूल' में इन शक्तियों के वर्णन अनेक प्रकार से किए हैं—यक्ष, किन्नर, गंधर्व, शबर, नाग आदि।

'फ़ेयरी' शब्द से 'फरी' और 'परी' शब्द बने हैं। पाश्चात्य जगत् में फेयरी भी अलौकिक शक्तियों से पूर्ण थी। परियाँ अच्छी व बुरी दोनों थीं। काव्य-न्याय की दृष्टि से सामान्यतः बाल साहित्य में अच्छी परियाँ बालकों की रक्षा, सहायता और उनके अभीष्ट की प्राप्ति में सहयोग देती हैं। इन कल्पना-प्रधान पात्रों से आदर्शों की रक्षा और मर्यादा का पालन किया जाता है।

परियों का रंग सफेद, कद बौना और उड़ने के लिए पंख होते हैं। परियाँ बच्चों को चंद्रलोक की सैर कराती हैं और उन्हें सद्गुणों के बहुत निकट, यथार्थ जीवन की निराशा से दूर, सांत्वना, आश्वासन और सहयोग देकर उनकी आस्थाओं और विश्वासों को दृढ़ करती हैं।

आधुनिक जगत् की निराशा में, यथार्थ परिस्थितियों में, इन अच्छी परियों की प्रतीक्षा करनेवाले बच्चों को हताशा मिली है, ऐसा आरोप लगाकर कुछ विद्वज्जन परीकथाओं का विरोध

करते हैं। मेरे विचार से परीकथाओं का औचित्य शैशव काल में है, कालांतर में नहीं। फिर भी परीकथाएँ मनोवैज्ञानिक महत्त्व रखती हैं और उनकी उपयोगिता अपरिहार्य है, इसमें कोई संदेह नहीं। यही कारण है कि मानव के आदिकाल से ही परियाँ बच्चों की कहानियों को कलापूर्ण बनाती हैं।

परीकथाओं की कल्पना ने वैज्ञानिक प्रगति के द्वार खोले हैं। हिंदी बाल कहानियों में परियाँ रॉकेट चलाती हैं और नए उपकरण बनाने में प्रेरणा देती हैं। सर्वश्री आनंद कुमार, जहूरबख्श, योगराज थानी, चंद्र दत्त शर्मा 'इंदु', रमेशचंद्र प्रेम, संतराम वत्स, द्रोणवीर कोहली, सावित्री देवी वर्मा, राजेंद्र अवस्थी, रामकृष्ण शर्मा, बालकृष्ण एम.ए., श्रीकृष्ण, योगेंद्र कुमार 'लल्ला', मनमोहन सरल, प्रेम नारायण गौड़, बादल कुमार बनर्जी, रत्न प्रकाश 'शीत', हरिकृष्ण तैलंग, सुबोध कुमार द्विवेदी, राजशेखर, पार्थ सारथी, कमलेश्वर, शैलेश मटियानी, विष्णु दत्त विकल, विष्णुकांत पांडे, शांता संत, गोकुल चंद्र संत, भद्रसेन आदि ने परियों के माध्यम से आधुनिक बोध की बाल कहानियाँ प्रस्तुत की हैं। श्री जयप्रकाश भारती ने परीकथाओं की उपयोगिता सिद्ध करने के लिए 'शास्त्रार्थ विजय' जैसी प्रतिद्वंद्वताओं में अहम भूमिका का निर्वाह किया है। उनकी कई पुस्तकों में ललित तथा सरस, रोचक परीकथाएँ समाविष्ट हैं।

परीकथाओं से ही विकास किया है फेंटेसी कहानियों ने। सर्वश्री शिवमूर्ति सिंह 'वत्स' (नन्ही वीणा, 'सुनहरी मछली', 'लाल हाथी'), शारदा मिश्र ('नीलम और मसहरी की देवी', 'कैरम बोर्ड की परियाँ'), दयाशंकर मिश्र 'दद्दा' (मुन्नी का छॉप, काका), मनमोहन मदारिया (आज की लोककथाएँ), श्रीमती रजिया (शेर दादा), आनंद प्रकाश जैन (चंद्रलोक की राजकुमारी, दो भागों में), नंदूबख्श (कथामाला, भाग 1, 2) आदि अच्छी परीकथा पुस्तकों के लेखक हैं। श्री जाकिर अली 'रजनीश' की 'हातिमताई' स्वयं में एक लोकप्रिय नाटिका है। रमाशंकर और शकुंतला सिरोठिया की भी कहानियाँ बाल पाठकों को प्रिय हैं। हेंस क्रिश्चियन एंडरसन परीकथाओं के लेखन से विश्व में प्रसिद्ध हैं।

5. प्राचीन कहानियों के पुनःकथन :

फेबिल्स बच्चों को सामाजिक रीति-नीति का प्रशिक्षण कथा-छल से कराती हैं। रीति-नीति सिखाने की प्रक्रिया आज भी गतिशील है। पंचतंत्र, ईसप की कहानियाँ, बाइबल की कहानियाँ, जातक कथाएँ, जैन कथाएँ, रामायण और महाभारत की कथाएँ अनादिकाल से कही-सुनी, पढ़ी और लिखी जा रही हैं। इनके पुनःकथन, भाषा की सरलता, भावों में मधुरता, अभिव्यक्ति में सरसता, शैली में रोचकता आदि लाने के प्रयत्न चलते रहे हैं।

'कथासरित्सागर', 'वेताल पंचविंशति कथा', 'सिंहासन बत्तीसी' आदि ग्रंथों को बालोपयोगी

बनाने के लिए छोटी, सुचित्रित पुस्तकें प्रकाशित की गई हैं। बहुत प्रतिष्ठित शिखर पुरुषों ने भी इस कार्य को महत्त्वपूर्ण माना है और कहानी की पुस्तकें प्रस्तुत की हैं। सर्वश्री यशपाल जैन, व्यथित हृदय, धर्मपाल शास्त्री, विमला पांडे, विराज एम.एम.ए., जगदीश चंद्र जैन (भारतीय कहानियाँ, 5 भाग), कांता डोगरा, भगवतशरण उपाध्याय, सावित्री देवी वर्मा, सुमित्रा कुमारी सिन्हा आदि। पंचतंत्र की ही कहानियाँ लें तो हमें कई प्रसिद्ध लोगों की कृतियाँ मिल जाती हैं; जैसे 'बच्चों का हितोपदेश' (सुदर्शन) 'सरल पंचतंत्र' (विष्णु प्रभाकर), 'बाल पंचतंत्र' (कमलेश), 'सरल हितोपदेश' (धर्मपाल शास्त्री), 'पंचतंत्र की कहानियाँ' (शकुंतला देवी) आदि। श्री निरंकारदेव सेवक और गुलजार ने भी आधुनिक संदर्भों में इनकी प्रस्तुतियाँ की हैं।

पुराणों और प्राचीन ग्रंथों से भी बच्चों की कहानियाँ लिखी गई हैं। इनके पुन:कथन में कहीं मूल से परिवर्तन भी परिलक्षित हैं। संदर्भ और प्रसंग कहीं यथावत् हैं, कहीं परिवर्तित। 'तपस्वियों की कहानियाँ', 'भागवत की कहानियाँ', 'देवताओं की कहानियाँ' (तीनों के लेखक राजबहादुर सिंह), 'बापू की कहानियाँ' (श्रीकृष्ण शर्मा), 'रामायण के प्रसंगों की कुछ कहानियाँ' (विशंभर सहाय प्रेमी), 'ऋषि-मुनियों की कुछ कहानियाँ' (राम प्रताप त्रिपाठी एवं करुण त्रिपाठी), 'सीख की कहानियाँ' (शिवनाथ सिंह), 'ऋषियों की कहानियाँ', 'देवताओं की कहानियाँ', 'सतयुग की कहानियाँ' (शंभुदयाल सक्सेना); 'सूतपुत्र कर्ण', 'महावीर भीमसेन', 'दुर्योधन', 'पांचाली द्रौपदी' (श्री नीनाभाई); ज्ञानसरोवर (हिमांशु श्रीवास्तव), 'रामायण की विभूतियाँ' (सत्यनारायण व्यास), 'कुछ पौराणिक कहानियाँ' (प्राणनाथ वानप्रस्थी तथा जगन्नाथ प्रसाद मिश्र), 'सरल रामायण' (सत्यनाम विद्यालंकार) आदि में से बहुत सी पुस्तकें अब दुर्लभ हैं, लेकिन इनका महत्त्व बाल साहित्य इतिहास में अक्षुण्ण है। अत: इनको एक स्थान पर सँजोने की अपरिहार्य आवश्यकता है।

जीवनियों के धरातल को स्पर्श करते हुए ऐतिहासिक प्रसंगों के पुन:कथन भी बच्चों को प्रेरणा देते हैं। 'राजा भोज का सपना' (राजा शिवप्रसाद सितारे हिंद), 'पुरखों की कहानियाँ' (शंकर सहाय सक्सेना), 'फसल जलियाँवाले बाग की', 'हम साहस के बेटे हैं', 'धरती पुत्र शास्त्रीजी', 'अंगरक्षक' (राष्ट्रबंधु); 'अशोक के शेर', 'ये रणबाँकुरे' (सावित्री देवी वर्मा); 'हमारे वीर पुरखे', 'जीवन-निर्माण की कहानियाँ' (मनोहर वर्मा); 'चरखों का मेला' (सैयद कासिम अली), 'साहस की कहानियाँ' (रमेश नारायण तिवारी), 'वीरता की अमर कहानियाँ' (गोकुल चंद संत), 'ऐतिहासिक कहानियाँ' (इलाचंद जोशी), 'शूरवीरों की कहानियाँ' (व्यथित हृदय), 'पुरखों की कथाएँ' (रामकृष्ण शर्मा), 'पूर्वजों की सीख' (हिमांशु श्रीवास्तव), 'इतिहास के पन्ने' (प्रशांत), 'आजादी की पहरेदारी में' (सत्यदेव नारायण सिन्हा), 'एकलिंग', 'वीरभूमि मेवाड़ की कहानियाँ' (शंकर सहाय सक्सेना); 'धन्य ये बेटियाँ—तीन भागों में (जहूरबख्श),

'हमारे नेताओं की बातें', 'बच्चों के बापू', 'वीरों की कहानियाँ'—दो भागों में (नर्मदाप्रसाद खरे), 'भारत के साहसी वीरों की गाथाएँ' (धर्मपाल शास्त्री), 'भारत के वीर बालक', 'इक्कीस नवीन कहानियाँ', 'भारतीय वीरों का आत्मत्याग' (नर्मदा प्रसाद मिश्र) आदि ऐसी पुस्तकें हैं जो भारतीय इतिहास के गौरव को प्रस्तुत करती हैं। इनमें प्रेरणा देने की शैली बालकों की ग्रहण-क्षमता के अनुरूप है।

6. वैज्ञानिक कहानियाँ :

विज्ञान को कहानी माध्यम से प्रस्तुत करना कठिन कार्य है। इन कहानियों द्वारा तथ्य और ज्ञान का संप्रेषण किया जाता है, वैज्ञानिक सूझ-बूझ उत्पन्न की जाती है। ऐसी पुस्तकों में सूक्ष्म निरीक्षण करने की प्रेरणा अंतर्निहित रहती है। ये कहानियाँ दकियानूसी ढर्रे पर नहीं चलतीं। ये रूढ़ियों को परखने की दृष्टि देती हैं और भ्रांतियों के भय से मुक्ति दिलाती हैं।

नीचे लिखी पुस्तकें सूचनात्मक मात्र नहीं हैं, वरन् अत्यंत प्रेरक हैं। 'जानने की कहानियाँ' (सत्यदेव नारायण सिन्हा), 'बीमार चना' (देव कुमार मिश्र), 'आकाश की सैर' (डॉ. गोरख प्रसाद) 'जलयान की कहानी' (राजेश दीक्षित), 'पृथ्वी की कहानी' (श्रीनाथ सिंह), 'अपने लोग, अपनी खोजें' (डॉ. शुकदेव दुबे), 'नए परीलोक में' (डॉ. हरिकृष्ण देवसरे), 'जीवों की कहानी' (कुँवर सुरेश सिंह), 'आविष्कारों के खेत' (श्रीकृष्ण मूर्ति मेहरोत्रा), 'बच्चों का बायस्कोप' (तारकेश्वर वर्मा), 'रेल की कहानी' (मनोहरलाल वर्मा), 'चक्के की कहानी' (मनमोहन मदारिया), 'प्रगति के पहिए' (हरिकृष्ण तैलंग), 'प्रयोग की कहानियाँ' (राष्ट्रबंधु), 'सूरज का परिवार' (रेवतीशरण शर्मा), 'सागर का साम्राज्य' (राजेंद्र शर्मा), 'भाप इंजन की सच्ची कहानी' (इ.एफ. डीन), 'प्रकृति के दरबार में' (जगन्नाथ प्रभाकर)।

श्री जयप्रकाश भारती ने चंद्रमा, अंतरिक्ष और वैज्ञानिक चमत्कारों पर बहुत सी कहानियाँ लिखी हैं। ग्रहों पर मानव-चरण रखे जाने को ऐतिहासिक घटनाओं को कहानियों में परिणित किया गया है। इस दिशा में सर्वश्री आर.पी. सिंह, रमाशंकर वेदमिश्र, जाकिर अली 'रजनीश', अरशद खान, देवेंद्र कुमार, योगराज थानी, शंकर सुल्तानपुरी आदि की कहानियाँ पत्र-पत्रिकाओं में प्रकाशित हुई हैं; जिनको बाल पाठकों ने बहुत सराहा है।

7. काल्पनिक कहानियाँ :

फेविल्स और फेंटेसी कहानियों में कल्पना का मुख्य आधार न हो तो वे बच्चों को आकर्षित नहीं कर सकतीं। ये कहानियाँ अविश्वसनीयता से विश्वसनीयता की ओर आती-जाती हैं। इनके पात्र पशु, पक्षी और आदिमानव रखे जाते हैं; या मानवेतर, यक्ष, दैत्य, देव आदि, जो

विलक्षणतापूर्ण होते हैं।

बाल साहित्य में इनके संकलन प्राय. कॉमिक्स में प्रकाशित होते हैं।

8. वास्तविक जीवन की कहानियाँ :

सुखद कल्पना से जमीन की सचाइयों का सामना प्रत्येक व्यक्ति को करना पड़ता है। हमारे देश में शिशुओं की संरक्षा, सुरक्षा, सुविधा के लिए प्रचार अधिक किया जाता है, काम कम। शिक्षा भी व्यवसाय बन गया है। बालक भी अचानक जिम्मेदारियों को ढोने के लिए बाध्य किए जाते हैं, तब उन्हें न तो अभिभावक सहलाते हैं और न परियाँ दूसरे लोकों की सैर कराती हैं। जीवन के यथार्थ से बिना तैयारी में उन्हें जूझना पड़ता है।

इन परिस्थितियों में कुछ पुस्तकें ही दीये की तरह टिमटिमाती रोशनी देती हैं। इनसे व्यापक अंधकार में साहस, धैर्य और जागरूकता मिलती है। ये प्रातःकाल तक जीने की प्रेरणा देती हैं। 'नई-नई कहानियाँ' (योगराज थानी) 'सच्ची घटनाएँ' (प्रशांत), 'जीवन पराग' (विष्णु प्रभाकर), 'फूलों का गुच्छा तथा पारस' (सुदर्शन), 'हमारी कहानियाँ' (प्राणनाथ सेठ), 'बड़ों का बचपन' (विश्वमित्र शर्मा), 'दंड का पुरस्कार', 'निर्भयता का वरदान' (मस्तराम कपूर) आदि।

डॉ. श्यामसिंह 'शशि', डॉ. उषा यादव, चंद्रपाल सिंह यादव 'मयंक', डॉ. कृष्णा नागर, शकुंतला वर्मा, भगवती प्रसाद द्विवेदी, श्रीमती रतन शर्मा, राजनारायण चौधरी, डॉ. श्रीप्रसाद, प्रभात गुप्त आदि के नाम उन कहानियों के लेखकों में हैं जिनसे बच्चों को मनोरंजन और दिशा-निर्देशन प्राप्त होता है।

पात्रों की दृष्टि से पशु-पक्षियों और मानवेतर व्यक्तियों में परी, दैत्य, दानव, किन्नर, शबर और गंधर्वों की कहानियाँ बालकों के लिए लिखी गई हैं। बाल मनोभावों या विधियों की दृष्टि से वैज्ञानिक, मनोवैज्ञानिक, यात्रावृत्त और साहसिक या शिकार की कहानियाँ भी प्रचलित हैं। भाषा ज्ञान के लिए मुहावरों और सूक्तियों को लेकर भी कहानियाँ लिखी गई हैं।

बच्चों की कहानियाँ मेढकों के फुदकने-उचकने के आकर्षण से शिशुओं को आकर्षित करती हैं। इनमें फूलों के गंध और रंग ने उनको अपने पास रखने की ललक उत्पन्न की है। बच्चों की जिज्ञासा ने वैज्ञानिक और सांस्कृतिक ज्ञान को जानने के लिए भी कंगारू या खरगोश चाल हमेशा अपनाई है। इसलिए कहानियों ने उनकी प्रवृत्तियों को एकनिष्ठ बनाया है, उनकी चंचलता को दिशा दी है। गांधीजी ने 'सत्य हरिश्चंद्र' से सत्य-पालन सीखा और इसे तप मानकर सबकुछ सहा। कहानियों की यात्रा श्रव्य माध्यम से प्रारंभ होकर दृश्य-श्रव्य साधनों तक कूद गई है। मुद्रण विधि की उन्नति के साथ ही बच्चों की कहानियों के बड़े संग्रह भी प्रकाशित किए गए हैं। श्रीमती

क्षमा शर्मा की इक्यावन बाल कहानियों के संकलन में मनोवैज्ञानिक आधार पर यथार्थपरक बाल कहानियाँ हैं।

लगभग पाँच सौ पृष्ठों का छोटे अक्षरों में मुद्रित मुनि कन्हैयालालजी का बाल कहानियों का संकलन आध्यात्मिक एवं नैतिक शिक्षाओं से परिपूर्ण है। जैन धर्म के सिद्धांत इसकी कहानियों में वर्णित हैं। कहानी के अंत में शिक्षा भी अंकित रहती है।

'प्रतिनिधि बाल कहानियाँ' नामक डॉ. दिनेश चमोला का बृहत् कहानी संकलन है। इसके पात्र सामंती भी हैं और मध्यम श्रेणी के अभिभावक, शिक्षक आदि भी। इसमें वे पात्र भी बोलते हैं, जिनसे हम अपेक्षा नहीं करते। जड़ तक जीवित की तरह अनुभूति रखते और अभिव्यक्ति करते हैं। बाल संसार का अपना वैशिष्ट्य इनमें वर्णित है। सावित्री देवी वर्मा, डॉ. शोभनाथ लाल (संपादक : 'चौबीस बाल कहानियाँ'), डॉ. शमशेर खान (संपादक : 'बयालीस बाल कहानियाँ'), मनोहर वर्मा (संपादक : 'प्रतिनिधि बाल कहानियाँ') आदि ने संकलन संपादित किए; लेकिन इनमें थोड़ी ही कहानियाँ थीं।

बड़े संकलन, जिनमें अधिक कहानियाँ संकलित की गई हैं, उनमें भारतीय भाषाओं की कहानियों का एक बृहत् संकलन 'श्रेष्ठ बाल कहानियाँ' डॉ. बालशौरि रेड्डी ने संपादित किया है, जिसे भारतीय भाषा परिषद्, कोलकाता ने प्रकाशित किया है। इस संकलन की 131 कहानियाँ असमिया, उड़िया, उर्दू, कन्नड़, गुजराती, तमिल, तेलुगु, पंजाबी, बँगला, मराठी, मलयालम और हिंदी भाषाओं की हैं। प्रत्येक भाषा की बाल कहानियाँ प्रारंभ करने से पहले उस भाषा के बाल साहित्य के इतिवृत्त पर समीक्षात्मक लेख भी दिए गए हैं। संकलन की बहुत सी कहानियाँ श्रेष्ठ हैं।

'इक्कीसवीं सदी की बाल कहानियाँ' दो भागों में है। इसका संपादन श्री जाकिर अली 'रजनीश' ने किया है। इसमें टीपी हुई कहानियाँ नहीं हैं। प्राय: सभी कहानियों में युगबोध है। संकलन की विशेषता यह है कि इसमें विख्यात लेखकों के साथ-साथ नए कहानीकारों को भी आदरपूर्वक सम्मिलित किया गया है। पुस्तक के अंत में लेखक परिचय अकारादि क्रम से समाहित है।

'आधुनिक कहानियाँ' (दो भाग) श्री रमा शंकर द्वारा संपादित है। श्री रमा शंकर ने परिवर्तनशील परिवेश के अनुसार बाल कहानियों का चयन किया है और प्राय: सभी नए प्रमुख बाल कहानीकारों का समावेश किया है। इस प्रकार शताधिक कहानियों का प्रस्तुतीकरण समृद्ध बाल कहानी साहित्य का द्योतक है।

डॉ. उषा यादव एवं डॉ. राजकिशोर सिंह द्वारा संपादित 'हिंदी की श्रेष्ठ बाल कहानियाँ' पठनीय है। इसमें डॉ. राजकिशोर सिंह की बृहद् भूमिका बाल कहानियों के महत्त्व, वर्गीकरण

और प्रभाव को अभिव्यक्त करती है। इस संकलन की कहानियाँ गुणवत्ता के आधार पर चयनित हैं और हिंदी की मनोवैज्ञानिक कहानियों के अच्छे स्वरूप को प्रस्तुत करती हैं। इनमें युग-बोध और अंत: सलिला-प्रेरणा संप्रेषित है।

बालकथा साहित्य से संबंधित एक ग्रंथ है—'भारतीय संस्कृति कथा कोश'। इसमें पुराणों से संबंधित पात्रों के बारे में जानकारी प्राप्त है। प्राचीन भारतीय कहानियों को बालकों के लिए प्रस्तोता श्री अमरनाथ शुक्ल ने इस ग्रंथ में भी कई कहानियाँ दी हैं, जो बच्चों के लिए ज्ञानवर्धक हैं।

'सौ श्रेष्ठ बाल कहानियाँ' डॉ. रोहिताश्व अस्थाना का एक पठनीय संकलन है। इसमें प्राय: सभी कहानीकारों की बाल कहानियों का समावेश करने का प्रयास किया गया है। डॉ. श्रीप्रसाद ने इसकी कहानियों के बारे में लिखा है—'संकलित कहानियों का फलक अत्यंत व्यापक है। इसमें कल्पना की ऊँची उड़ान भी है, पौराणिकता और ऐतिहासिकता की छाप भी है, साथ ही बाल जीवन के यथार्थ की गहरी पैठ भी है। कहानियों में पर्याप्त वैविध्य है। हर कहानी का अपना रस है।'

इस प्रकार के चुने हुए संकलन अपने समय का प्रतिनिधित्व करते हुए भी कालातीत होते हैं। अपने बहुत पुराने लेख में डॉ. मस्तराम कपूर 'उर्मिल' ने पुस्तक परिचय के 'बाल साहित्य विशेषांक' (नवंबर-दिसंबर 1969) में पाल हजार्ड को उद्धृत किया है, 'बाल पुस्तकें राष्ट्रीय भावना को बनाए रखती हैं, किंतु वे विश्व-बंधुत्व की भावना को भी बनाए रखती हैं। वे अपने देश का चित्रण आत्मीयता के साथ करती हैं; किंतु वे उन दूरस्थ प्रदेशों का भी चित्रण प्यार के साथ करती हैं, जिनमें हमारे अनजाने भाई रहते हैं।'

जमीन पर खड़े होकर आकाश का अध्ययन किया जा सकता है। ये कहानियाँ देशज होकर भी अंतरराष्ट्रीय महत्त्व रखती हैं। एक ही कहानी कई भाषाओं में कही जाती है। कहने-सुनने के अंतर से इनमें परिवर्तन भी होता है। कहानी के पंछी क्षितिज के छोर छूते हैं और निर्बंध उड़ते रहते हैं। इनमें बाल कहानियों के अनेक कथा-विहग हैं, जो मूलत: हमारी संस्कृति और संस्कृत भाषा लेकर यत्र-तत्र-सर्वत्र गए हैं।

मुझे विश्वास है कि डॉ. रोहिताश्व अस्थाना के संपादन में प्रकाशित प्रस्तुत बाल कथा संकलन लोकप्रियता के नए कीर्तिमान स्थापित करेगा और नई सदी के बच्चों के लिए प्रेरक एवं मार्ग-प्रदर्शक ग्रंथ सिद्ध होगा।

—श्रीकृष्ण चंद्र तिवारी 'राष्ट्रबंधु'

भूमिका

आज, जबकि मैं 'चुनी हुई बाल कहानियाँ' का संपादन-कार्य पूर्ण करने जा रहा हूँ, मुझे अपने दादी-बाबा की याद सहज रूप में ही आ रही है। बचपन में शाम होते ही मैं उनकी गोद में दुबक जाता था और कहानियाँ सुनाते हुए वे मुझे सुला देते थे। मैंने अपनी माँ और मूसे बाबा से भी कहानियाँ सुनी हैं। मुझे अपने गाँव के उन सेवकों और खेती-किसानी के साझीदारों की भी याद है, जो मुझे मेरी चौपाल में बैठकर कहानियाँ सुनाया करते थे। आज मुझे लगता है कि ये कहानियाँ पंचतंत्र, वेताल पचीसी एवं परीकथाओं से अवतरित हुआ करती थीं; परंतु अत्याधुनिक युग में बाल कहानियों के प्रतिमानों में परिवर्तन आया है।

सच पूछिए तो मुझे बाल कहानियाँ लिखने की प्रेरणा इन्हीं लोगों से मिली है। आज ये लोग इस असार संसार में हमारे साथ नहीं हैं; परंतु मुझे बाल कथाकार बनाने में इनका महत्त्वपूर्ण योगदान रहा है।

मैंने अनुभव किया है कि कहानियाँ कहने की एक विशेष कला इनमें हुआ करती थी। हम बच्चे कहानी के हर वाक्य के बाद हुँकारी भरते रहते थे और जब हमें नींद आने लगती थी तो हुँकारी भरना बंद कर देते थे। तब कथा सुनानेवाले समझ जाते थे कि बच्चा सो गया है और वे कहानी कहना या सुनाना बंद कर देते थे। हम पुराने लोग सौभाग्यशाली थे, जिन्हें दादी-बाबा-माँ, मामा-नाना-नानी आदि से बचपन में कहानियाँ सुनने का सौभाग्य प्राप्त हुआ।

परंतु आज के टूटते-बिखरते पारिवारिक परिवेश एवं माता-पिता की व्यस्तता के कारण बच्चों को समय देकर उन्हें कहानियाँ सुनाना बड़े-बुजुर्गों के लिए संभव नहीं है। फिर भी, बच्चों के मनोरंजन एवं चरित्र-निर्माण के लिए बाल कहानियों की महत्ता असंदिग्ध है।

इतिहास इस बात का साक्षी है कि राहुल अपनी माँ से कहानी सुनता था और वीर माता जीजाबाई अपने सुपुत्र शिवाजी को कहानियाँ सुनाया करती थीं। कालांतर में इन दोनों बालकों ने अपने-अपने क्षेत्र में प्रसिद्धि प्राप्त की।

बच्चों के मनोरंजन एवं मार्गप्रदर्शन के उद्देश्य से प्रस्तुत ग्रंथ का संपादन किया गया है।

संकलित बाल कहानियाँ लेखकों के कथा-संसार से चुनी गई हैं। कुछ अन्य प्रसिद्ध लेखकों की बाल कहानियाँ भी इस संकलन में होनी चाहिए थीं; परंतु बार-बार अनुनय-विनय करने पर भी उनसे बाल कहानियाँ प्राप्त न हो सकीं, जिसका मुझे दुःख है।

मुझे इस बात की प्रसन्नता भी है कि बाल साहित्य एवं बाल-कल्याण के लिए मिशन भाव से समर्पित बाल साहित्यकार एवं बाल साहित्य के अधिकारी विद्वान् डॉ. राष्ट्रबंधुजी ने प्रस्तुत संकलन पर बाल कथा साहित्य के परिप्रेक्ष्य में 'माँ, कह एक कहानी' शीर्षक से विस्तृत भूमिका प्रदान करके संकलन के गौरव में चार चाँद लगा दिए हैं। उनकी इस भूमिका के समक्ष बाल कथा साहित्य के किसी भी पक्ष पर कुछ कहना सूर्य को दीपक दिखाने के सदृश होगा। मेरे लिए उन्होंने सदैव बड़े भाई एवं संरक्षक की भूमिका का निर्वाह किया है। मैं उनके प्रति हृदय से आभारी हूँ।

इस संकलन को प्रस्तुत करते समय मुझे पूज्य पं. भूपनारायण दीक्षित, निरंकार देवसेवक, द्वारिका प्रसाद माहेश्वरी एवं मयंकजी का श्रद्धा सहित स्मरण हो आना स्वाभाविक है, जो अब इस संसार में नहीं हैं, परंतु बाल साहित्य-सृजन का क ख ग मैंने उन्हीं से सीखा है।

पूज्या श्रीमती शकुंतला सिरोठिया एवं शकुंतला वर्मा सहित श्रद्धेय डॉ. श्रीप्रसाद, डॉ. विनोद चंद्र पांडेय, श्री जयप्रकाश भारती एवं अनुज डॉ. सुरेंद्र विक्रम की पावन स्नेहिल छवि भी मेरे स्मृति-पटल पर अंकित है; क्योंकि ये सब मेरे परम आत्मीय एवं हितैषी हैं।

मैं अपने गुरुवर डॉ. वंश गोपालजी एवं अग्रज डॉ. आनंद अस्थानाजी के प्रोत्साहन एवं मार्गप्रदर्शन को कैसे भूल सकता हूँ? इनके प्रति सादर नतमस्तक हूँ।

आभार प्रदर्शन की परंपरा में मैं उन सभी बाल कथाकारों का हृदय से आभारी हूँ, जिन्होंने बिना किसी अहम्मन्यता के उदारतापूर्वक अपनी बाल कहानियाँ प्रस्तुत ग्रंथ के लिए प्रकाशन-अनुमति सहित प्रदान की हैं। इन सबका सहयोग-संबल मुझे सदैव प्राप्त होता रहा है।

अंत में मैं प्रस्तुत बालकथा संग्रह बाल पाठकों, बाल साहित्यकारों, समालोचकों, अनुसंधित्सुओं एवं बाल साहित्य के महारथियों के कर-कमलों में इस निवेदन के साथ सौंपता हूँ कि वे अपनी-अपनी दृष्टि से इसका अध्ययन एवं पारायण करेंगे और अपने नीर-क्षीर विवेक से इसकी उपलब्धियों-अनुपलब्धियों के संदर्भ में अपनी स्वस्थ प्रतिक्रियाओं से अवगत कराएँगे।

प्रस्तुत ग्रंथ यदि अपने सच्चे पाठकों तक पहुँच सकेगा और उन्हें पसंद आएगा तो मैं अपने प्रयास को सफल व सार्थक समझूँगा।

'ऐकांतिका'
बावन चुंगी चौराहा,
हरदोई-241001

—रोहिताश्व अस्थाना

बालकथा-क्रम

जंतर-मंतर छू

—अखिलेश श्रीवास्तव 'चमन'

स्कूल की तिमाही परीक्षा में कम नंबर आने पर बंटी को चौतरफा डाँट सुननी पड़ी। मम्मी, पापा, भैया, दीदी—सभी ने उसे डाँटा।

भैया बोले, ''यह कुछ पढ़ता-लिखता तो है नहीं। जब देखो तब बैट-बॉल लिये आवारा लड़कों के साथ क्रिकेट खेलता रहता है।...इतनी मार मारूँगा, इतनी मार मारूँगा कि यह क्रिकेट का नशा हमेशा-हमेशा के लिए उतर जाएगा।''

मम्मी बोलीं, ''हमारे बच्चों में कोई भी इतना नालायक नहीं था जितना यह निकला। पढ़ने-लिखने में तो इसका मन ही नहीं लगता। बस, शाम होते ही टी.वी. के सामने बैठ जाता है। दो दिन खाना-पानी बंद कर दूँगी तो होश ठिकाने आ जाएगा।''

दीदी ने डाँटा, ''इसको परीक्षा में अच्छे नंबर क्या खाक मिलेंगे! कोर्स की किताबें पढ़ने में तो जैसे नानी मरती है। बस, जरा सा मौका मिला नहीं कि कॉमिक्स और कहानियों की किताबें लेकर बैठ जाता है।''

पापा बोले, ''इस बार तो छोड़ देता हूँ, लेकिन अगर छमाही परीक्षा में अच्छे नंबर नहीं आए तो मार-मारकर हड्डी-पसली एक कर दूँगा! बस, आज से तुम्हारा घर से बाहर निकलना बंद।''

इस चौतरफा डाँट-डपट का असर यह हुआ कि बंटी ने क्रिकेट खेलना, टी.वी. देखना और कॉमिक्स पढ़ना बिलकुल ही छोड़ दिया। बस, घर से स्कूल जाता और स्कूल से सीधे घर आता। बाकी समय अपनी पढ़ाई में जुटा रहता। घरवाले भी खुश थे कि चलो, बंटी पढ़ने में मन

लगा रहा है। लेकिन बंटी के इस रवैये से उसका जिगरी दोस्त टिंकू बहुत परेशान था। पहले बंटी और टिंकू साथ-साथ ही घूमते-फिरते और खेलते थे। जब से बंटी ने घर से निकलना बंद कर दिया, टिंकू अकेला पड़ गया था। उसने एक-दो बार खेलने चलने के लिए बंटी से कहा, लेकिन बंटी ने साफ इनकार कर दिया।

एक दिन सवेरे बंटी के स्कूल पहुँचते ही टिंकू उसके पास आया और उसे एक तरफ अलग ले जाकर चहकता हुआ बोला, ''बंटी! अब तुम परेशान मत होओ। मुझे एक ऐसे उपाय की जानकारी मिली है कि बगैर कुछ पढ़े-लिखे और बगैर किसी मेहनत के ही हम लोग फर्स्ट डिवीजन में पास हो सकते हैं।''

''बिना पढ़े-लिखे, बगैर मेहनत किए! लेकिन भला यह कैसे हो सकता है?'' बंटी चौंका।

''क्यों नहीं हो सकता, बंटी? दुनिया में कोई भी चीज असंभव नहीं है।'' टिंकू ने जवाब दिया।

''देखो टिंकू! तुम मुझे पहेलियाँ मत बुझाओ। साफ-साफ बताओ कि बात क्या है?'' बंटी ने झल्लाकर कहा।

''बात ऐसी है बंटी, कि पड़ोस की शीला आंटी कल मेरे घर आई थीं। वह मेरी मम्मी को बता रही थीं कि यहाँ से बीस-बाईस किलोमीटर दूर सिकंदरपुर गाँव में एक बहुत ही पहुँचे हुए सिद्ध तांत्रिक आए हैं। पीपल के पेड़ के नीचे उनका आश्रम है। इसलिए सभी लोग उनको 'पीपल बाबा' कहते हैं। वह मंत्र से सबकी परेशानियाँ दूर कर देते हैं। असंभव काम को भी वह संभव कर देते हैं।'' बंटी ने बताया।

''हट! भला यह कैसे हो सकता है?'' बंटी ने कहा। उसे टिंकू की बातों पर विश्वास नहीं हो रहा था।

''सच बंटी! मैंने सुना है। शीला आंटी कह रही थीं कि उनके एक परिचित हैं शर्माजी। वह एक साल से बीमार थे। उनको कैंसर हो गया था। सभी अस्पतालों के डॉक्टरों ने उन्हें जवाब दे दिया था। सब तरफ से हारकर उनके घरवाले पीपल बाबा के पास गए। बाबा ने एक तावीज दिया। तावीज को शर्माजी के हाथ में बाँधते ही उनकी तबीयत ठीक होने लगी।''

''अच्छा! सच्ची?'' बंटी चौंका।

''हाँ, बंटी! और आंटी यह भी बता रही थीं कि उनकी किसी दूर की भतीजी की शादी कई सालों से तय नहीं हो पा रही थी। उसके घरवाले पाँच-छह वर्षों से भाग-दौड़ करते-करते परेशान हो चुके थे। थक-हार कर वे लोग पीपल बाबा के पास गए। बाबा ने उन्हें एक ऐसा तावीज दिया कि तावीज को हाथ में बाँधने के दो महीने के अंदर ही उस लड़की की शादी पक्की

हो गई।'' टिंकू ने कहा।

''तब तो सचमुच वह बाबा बहुत चमत्कारी और सिद्ध लगते हैं।'' बंटी बोला।

''हाँ, बंटी! तुम चाहे मानो या न मानो, लेकिन तंत्र-मंत्र में बहुत शक्ति होती है।'' टिंकू ने कहा।

''तब तो यार! किसी दिन हमें भी चलना चाहिए।'' बंटी ने कहा। वह पूरी तरह टिंकू की बातों में आ गया था।

''हाँ, बंटी! इसीलिए तो मैं कहता हूँ कि किताबों के साथ माथापच्ची करने और रात-रात भर आँखें फोड़ने से अच्छा है कि हम लोग भी चलें और पीपल बाबा से तावीज ले आएँ।'' टिंकू

ने सुझाव दिया।

''लेकिन वहाँ हम लोग जाएँगे कैसे? रास्ता मालूम है तुम्हें?'' बंटी ने पूछा।

''हाँ, बंटी! मैंने पता कर लिया है। रेलवे ओवर ब्रिज के पास से प्राइवेट बसें जाती हैं सिकंदरपुर के लिए। एक तरफ से सात रुपए किराया लगता है। और लगभग एक घंटा समय लगता है। छुट्टी के दिन तो जाना मुश्किल है। तो ऐसा किया जाए कि एक दिन स्कूल छोड़ दिया जाए और वहाँ चल दिया जाए। शाम तक तो वापस भी आ जाएँगे।'' टिंकू ने कहा।

बंटी ने टिंकू की बात मान ली और दो दिन बाद सिकंदरपुर जाने का कार्यक्रम तय हो गया। इस बीच दोनों को किताब-कॉपी के बहाने पैसा इकट्ठा करना था।

तीसरे दिन सुबह बंटी और टिंकू घर से तो स्कूल जाने के लिए निकले, लेकिन स्कूल न जाकर वे दोनों बस में बैठे और सिकंदरपुर पहुँच गए। वहाँ पीपल बाबा का आश्रम खोजने में उन दोनों को कोई परेशानी नहीं हुई। गाँव से थोड़ी दूर एक बगीचे के पास एक पीपल के पेड़ के नीचे फूस का एक आश्रम था। आश्रम के अंदर एक ऊँचे चबूतरे पर काले रंग का कपड़ा पहने पीपल बाबा बैठे थे। उनके आसन के सामने एक हवन-कुंड था, जिसमें आग जल रही थी। वहीं बाबा के आसन के पास ही तीन-चार चेले बैठे थे, जो बाबा की सेवा में लगे थे। हवन-कुंड की दूसरी तरफ धान का पुआल बिछा हुआ था, जिसपर पंद्रह-बीस औरतें और पाँच-छह आदमी हाथ जोड़े बैठे हुए थे। बंटी और टिंकू भी जाकर चुपचाप बैठ गए।

बाबा के चेले बारी-बारी से एक-एक आदमी को बाबा के पास बुला रहे थे। लगभग डेढ़ घंटे के बाद उन दोनों का नंबर आया। बाबा के एक चेले ने बुलाया तो बंटी और टिंकू एक साथ ही उठकर बाबा के पास गए और उन्हें अभिवादन करने के बाद उनके पैरों के पास बैठ गए।

''क्या परेशानी है तुम लोगों को? किसलिए आए हो बाबा के पास?'' बाबा के चेले ने पूछा।

''जी! पढ़ने में हम दोनों का मन नहीं लगता है। स्कूल की तिमाही परीक्षा में भी बहुत खराब नंबर आए हैं हम दोनों के। बाबा कोई ऐसा तावीज दे दें कि बिना मेहनत के ही हम लोग फर्स्ट डिवीजन में पास हो जाएँ।'' टिंकू ने कहा।

बाबा पास बैठे टिंकू की बात सुनकर मुसकराए। फिर अपनी झोली में हाथ डालकर उन्होंने दो तावीज निकाले और उन्हें मुट्ठी में लेकर मंत्र बुदबुदाने लगे। कुछ देर तक मंत्र पढ़ने के बाद बाबा ने तावीजों पर फूँक मारी और उन्हें अपने एक चेले को दे दिया। चेले ने इशारे से बंटी और टिंकू को भीड़ से अलग बुलाया। उसने दोनों से पचास-पचास रुपए लेकर उन्हें काले धागे में बँधा तावीज थमा दिया। तावीज पाने के बाद उन दोनों के पाँव जमीन पर नहीं पड़ रहे थे। वे दोनों ही खुशी के मारे पागल हुए जा रहे थे। उन्होंने तुरंत वापसी की बस पकड़ी और शाम होते-होते

अपने घर लौट आए।

बाबा के आश्रम में जुटी भारी भीड़ देखकर बंटी को यकीन हो गया था कि निश्चित ही बाबा के मंत्र में जादुई ताकत है। बाबा के चेले के कहने के अनुसार ही उसने आधी रात को अपने दाहिने हाथ में कुहनी के ऊपर तावीज बाँध लिया। अब बंटी को इस बात का पूरा विश्वास हो गया था कि पीपल बाबा के उस तावीज की बदौलत बगैर पढ़े और मेहनत किए ही छमाही परीक्षा में उसको खूब अच्छे नंबर मिल जाएँगे। इसलिए पढ़ाई-लिखाई की तरफ से वह पहले से भी अधिक लापरवाह हो गया। फिर से उसका सारे दिन खेलना, घूमना और टी.वी. देखना शुरू हो गया। घरवाले अकसर ही पढ़ने के लिए डाँटते, लेकिन वह उनकी बातें टाल जाता।

देखते-ही-देखते छमाही परीक्षा शुरू हो गई। बंटी ने कुछ पढ़ाई तो की नहीं थी, इसलिए परीक्षा में कुछ लिख भी नहीं पाया। फिर भी उसे उम्मीद थी कि पीपल बाबा का दिया तावीज निश्चित ही चमत्कार करेगा और उसे परीक्षा में अच्छे नंबर मिल जाएँगे। लेकिन यह क्या, जब छमाही परीक्षा का रिजल्ट मिला तो बंटी के होश ही उड़ गए। इस बार उसे तिमाही परीक्षा से भी कम नंबर मिले थे।

रिजल्ट कार्ड लेकर बंटी डरते-डरते घर में घुसा। रिजल्ट देखकर घर में सभी लोग उसे डाँटने लगे। दीदी ने तो बंटी का कान उमेठकर एक थप्पड़ मारा भी। जब पापा बहुत ज्यादा गुस्सा हुए तो बंटी ने रोते-रोते पीपल बाबा वाली सारी बात बता दी और अपनी शर्ट उतारकर दाहिने हाथ में बँधे तावीज को सभी को दिखा दिया। बंटी की बातें सुनकर और उसके हाथ में बँधा तावीज देखकर उसके मम्मी-पापा सहित सभी लोग जोर से हँस पड़े।

थोड़ी देर तक हँस लेने के बाद पापा बंटी से बोले, ''अरे बुद्धू! अगर तावीज और तंत्र-मंत्र से ही हर काम होना होता तो वह तुम्हारे पीपल बाबा उस देहात में आश्रम बनाकर नहीं बैठे रहते, बल्कि खुद भी बहुत बड़े आदमी बन जाते। ये तांत्रिक वगैरह अव्वल दरजे के ठग होते हैं और भोलेभाले लोगों को बेवकूफ बनाकर ठगते हैं। इसीलिए तो अधिकतर ऐसे लोग देहाती क्षेत्र में ही रहते हैं, क्योंकि देहात के लोग सीधे-सादे होते हैं। देखो, एक बात ध्यान से समझ लो। चाहे परीक्षा हो, चाहे नौकरी हो, चाहे कोई भी काम हो, दुनिया में सफलता के लिए बस एक ही मंत्र है—सच्ची लगन और मेहनत।''

पापा की बात सुनकर बंटी ने सबके सामने ही अपने हाथ में बँधा तावीज खोला और खिड़की के रास्ते पिछवाड़े फेंक दिया। उसे यह बात समझ में आ गई थी कि पीपल बाबा के मंत्र के मुकाबले पापा का बताया मंत्र ज्यादा उपयोगी है।

बात समझदारी की

—अनंत प्रसाद 'रामभरोसे'

नगर के कोलाहल भरे वातावरण से हटकर बसा यह मोहल्ला प्रत्येक दृष्टि से अच्छा है। इस मोहल्ले में बच्चों के खेलने के लिए पार्क, छोटे बच्चों के स्कूल जैसी और भी आवश्यक सुविधाएँ हैं। सड़कें भी साफ-सुथरी और चौड़ी हैं। अस्पताल एवं कॉलेज भी यहाँ से अधिक दूर नहीं हैं।

मोहल्ले में अधिकतर लोग नौकरी-पेशेवाले हैं। कुछ व्यापार करनेवाले भी हैं। सबमें आपस में अच्छा संबंध है। सभी एक-दूसरे के सुख-दुःख में खुले दिल से सम्मिलित होते हैं।

अनुज अपने परिवार के साथ इस मोहल्ले में आकर बहुत खुश है। मकान बड़ा नहीं है तो क्या, अपना तो है। फिर, उससे तो अच्छा ही है, जिसमें पहले वह रहता था। एक तो किराए के दो कमरों का मकान, ऊपर से घनी बस्ती। न हवा, न पानी। दम घुटता था वहाँ तो। मकान मालिक भी ऐसे कि पूछिए मत। अनुज के मित्रों का घर में आकर खेलना-कूदना उन्हें बिलकुल पसंद नहीं था। यहाँ उसे इस तरह की कोई परेशानी नहीं है।

इस मोहल्ले के बच्चों की दिनचर्या नियमित है। सुबह-सुबह तैयार होकर सभी स्कूल जाते हैं। अनुज भी उनके साथ स्कूल जाता है। सीधा-सादा और कुशाग्र बुद्धि का होने के कारण उसे सभी अध्यापक बहुत स्नेह देते हैं। सहपाठियों के साथ भी अब उसकी अच्छी मित्रता हो गई है।

आज स्कूल जाने के लिए बस्ता ठीक करते समय अनुज का टिफिन-बॉक्स भूलवश बिस्तर पर ही छूट गया। घर के काम से निबटकर जब मम्मी उस कमरे में आईं तो बिस्तर पर पड़ा टिफिन-बॉक्स देखकर चिंतित हो उठतीं। अनुज के पापाजी भी घर पर नहीं थे कि वह उसे स्कूल

में पहुँचा देते। पास-पड़ोस के बच्चे भी स्कूल गए हुए थे। मम्मी अंदर-ही-अंदर परेशान होकर रह गईं। आखिर कोई और उपाय भी तो नहीं था।

स्कूल से छुट्टी का समय हो गया था। मम्मी दरवाजे की ओट लेकर खड़ी थीं और बेसब्री से अनुज की राह देख रही थीं। समय था कि बीतता ही नहीं था। खड़े-खड़े वह सोचने लगीं—'पता नहीं, मेरे लाड़ले ने कुछ खाया भी होगा या नहीं। उसे बहुत भूख लगी होगी।'

इतने में अनुज आता हुआ दिखाई पड़ा।

उसके आते ही मम्मी उसे दुलारने-पुचकारने लगीं। वह बोलीं, ''बेटा! जल्दी से हाथ-मुँह धो लो। अभी खाना लाती हूँ। भूख लग आई है न?''

''नहीं मम्मी, मुझे भूख नहीं है।''

''क्यों, कुछ खाया है क्या?''

''हाँ, मेरी क्लास में वह जो जावेद है न, वही अपने टिफिन के लिए मीठी पूरियाँ और अचार ले आया था। जब उसे पता चला कि मेरा टिफिन-बॉक्स घर पर ही छूट गया है, तब वह अपने साथ खाने के लिए मुझे बाध्य करने लगा। मैंने उसके साथ नाश्ता कर लिया।''

''यह तो अच्छा किया तुमने, नहीं तो भूखे रह जाते।''

मम्मी की यह बात सुनकर अनुज बोला, ''ऐसा नहीं है, मम्मी! मेरी क्लास में जिस किसी को पता चला कि मेरा टिफिन-बॉक्स घर छूट गया है, वही मुझसे अपने साथ खाना खाने का आग्रह करने लगा। जावेद मेरे पास बैठा था। उसने मुझे किसी और के साथ नहीं खाने दिया।''

''अच्छा, अब बहुत बात हो गई। चलो, कपड़े बदलो और भोजन करो।''

कपड़े बदलकर अनुज ने हाथ-पैर धोए और भोजन करने बैठ गया। भोजन के पश्चात् वह विश्राम करने अपने कमरे में चला गया। कुछ समय बाद उठकर वह पढ़ने बैठ गया। उसका यह समय स्कूल में दिए गए गृह-कार्य को पूरा करने का होता था। उसने अपना गृहकार्य पूरा किया। एक प्रश्न का हल करने में उसे कठिनाई हो रही थी। यह सोचकर उसने उसपर निशान लगाकर रख दिया कि रात को पापाजी से पूछकर वह इस प्रश्न को भी हल कर लेगा। अपने बस्ते को यथास्थान रखकर वह मम्मी के पास जाकर बैठ गया। इसी बीच उसका मित्र परिमल आ गया। अनुज परिमल के साथ खेल के मैदान में जाने की तैयारी करने लगा।

मम्मी बोली, ''रुको, नाश्ता करके जाओ।''

अनुज और परिमल नाश्ता करके खेलने चले गए। खेल के मैदान में उनके अधिकतर मित्र जमे हुए थे, परंतु आज वे खेल नहीं रहे थे बल्कि एक पेड़ के नीचे बैठकर बातें कर रहे थे।

अनुज और परिमल तेज कदमों से उस पेड़ के नीचे पहुँचे। वे दोनों वहाँ बैठकर उनकी बातें उत्सुकता से सुनने लगे।

नीतीश कह रहा था, ''मोहल्ले के कई लोगों का कहना है कि श्रीराम अंकल ने अपने पिताजी के नाम पर इस मोहल्ले का नाम अशोकपुरम् रखा है। उनके पिताजी का नाम श्री अशोक कुमार है।''

''नहीं, कुछ लोग तो कहते हैं कि चक्रवर्ती राजा अशोक के नाम पर इसका नाम अशोकपुरम् रखा गया है।'' मनीष ने अपनी बात कही।

यह सुनकर विशाल बोला, ''यही तो बात है भाई! इसी को लेकर मोहल्ले के बड़े लोगों में विवाद चल रहा है। कुछ लोग मोहल्ले के इस नाम के पक्ष में हैं और कुछ इसका विरोध कर रहे हैं।''

''बड़े लोग भी अजीब होते हैं। हम बच्चों को तो समझाते हैं कि लड़ाई-झगड़ा अच्छी बात नहीं है और स्वयं छोटी-छोटी बातों के लिए तकरार करते हैं।'' परिमल की यह बात सुनकर संजय बोला, ''सचमुच यह बहुत गंभीर विषय है। इसपर हम लोगों को कुछ सोचना चाहिए।'' संजय की यह बात सुनकर सभी हँस पड़े।

''अब हम लोग इसमें क्या कर सकते हैं?'' दो-तीन मित्र एक साथ कह उठे।

संजय ने कहा, ''क्यों नहीं कर सकते हम लोग! अंकल लोगों को समझा तो सकते हैं।''

इसी बीच अंबुज बोल पड़ा, ''मेरे दिमाग में एक आइडिया है। कहो तो बताऊँ?''

''हाँ-हाँ, बताओ।'' सभी एक साथ बोल पड़े।

''क्यों न हम लोग इस मोहल्ले में प्रत्येक घर के सामने अशोक का पौधा लगा दें। तब अशोक के वृक्ष के कारण ही लोग मोहल्ले को अशोकपुरम् जानेंगे।''

अंबुज का यह सुझाव सबको पसंद आया।

जावेद ने कहा, ''यह तो बहुत अच्छा समाधान दिया अंबुज ने। मोहल्ले के नाम को लेकर आपस का मतभेद भी मिट जाएगा और मोहल्ला हरे-हरे पेड़ों से लहरा भी उठेगा।''

''हाँ-हाँ, पेड़ लगाना तो बहुत ही अच्छा काम है। आज सर क्लास में बता रहे थे कि वायु प्रदूषण रोकने के लिए पेड़ लगाना बहुत आवश्यक है। पेड़ वर्षा लाने में भी सहायक होते हैं।'' विमलेश ने कहा।

''लेकिन अशोक के इतने पौधे आएँगे कहाँ से?'' अनुराग ने शंका व्यक्त की।

अनुज ने कहा, ''पटेल अंकल वन विभाग में काम करते हैं। हम लोग उनसे बात करें। वह हम लोगों की मदद जरूर करेंगे।''

''हाँ, यही ठीक रहेगा।'' सभी ने सहमति प्रकट की।

दो दिनों के बाद मोहल्ले के लोगों ने देखा कि सबके घर के सामने अशोक के पौधे लगे हुए हैं। सभी आपसी मतभेद भूलकर उन पौधों में पानी दे रहे थे और उनकी रखवाली कर रहे थे।

सभी लोगों ने बच्चों की इस समझदारी की प्रशंसा मुक्तकंठ से की।

एक वोट की कीमत

—इंदरमन 'साहू'

हमारी दाई (माँ) दुःख और भूख को जानती थीं। उनके अन्न-प्रेम को देखकर मैं दाँतों तले अँगुली दबा लेता। भात के सीथे (दाने) को वह झाड़ू से कभी नहीं बुहारतीं। ऐसा करना वह अन्न का अपमान समझतीं और मानतीं कि इससे अन्नपूर्णा माता घर छोड़ देती हैं। जमीन पर बिखरे हुए सीथों को वह हाथों से बटोरतीं और मवेशियों के कोटनों में डाल देतीं। धान और चावल का एक भी दाना कहीं पड़ा होता तो दाई उसे उठाकर भंडार या बोरी में रख देतीं। हम सबको सलीके से कौर उठा-उठाकर खाने की हिदायत देतीं और जूठन बिखरने पर खूब खरी-खोटी सुनातीं। खाने का स्वाद भूलकर हम सबका सारा ध्यान जूठन न बिखरने पर होता।

लेकिन मेरे तो बड़े मजे और फायदे रहते। जब दाई देखतीं कि मैं खा कम रहा हूँ और बिखेर अधिक रहा हूँ, तब वह खूब गुस्सा होतीं और बाद में मुझे खिलातीं। भात को सब्जी और दाल से अच्छी तरह मसलकर कौर बनातीं और दो अँगुलियों पर रखकर अँगूठे से मेरे छोटे से मुँह में कौर धकेलतीं। उनके हाथ से खाने में बड़ा मजा आता। आज भी, जब मैं बड़ा हो गया हूँ और चाहूँ तो सलीके से खा-पी सकता हूँ, उनके हाथों खाने का लोभ संवरण नहीं कर पाता।

जिस साल दाई का ब्याह बाबूजी से हुआ था उसी साल घोर अकाल पड़ा था। ससुराल में पैर रखते ही उन्हें राहत-कार्य में जुट जाना पड़ा था। और जिस साल मेरा जन्म हुआ था उस साल भी भयंकर सूखा पड़ा था। इसलिए मेरा नाम 'अकालू' रखा गया था। उन अकालों में चिरई-चिरगुनों तक को दाने नहीं मिलते थे। कुछेक बड़े लोगों के मवेशियों के गोबर को बीनकर लोगों

को अनाज के चंद दाने ढूँढ़ते उन्हीं अकालों में देखे गए। तब विदेशों से घटिया किस्म के गेहूँ, जौ, बाजरा आदि आयात हुए थे और किसी तरह लोगों की जान बची थी।

बाद में हम अनाज के मामले में आत्मनिर्भर थे। बाबूजी मेहनत-मजूरी कर-करके और सौंज लग-लगके दो एकड़ खेत के मालिक थे। उस गरीबी और भूख को सब भूल गए थे, किंतु दाई भूल नहीं पाई थीं। उन दिनों को याद करके उनकी आँखों में आँसू ढरकने लगते थे। उनका अन्न-प्रेम उसी दुःख और भूख का एहसास था।

मध्यावधि चुनाव की तारीखें तय हो चुकी थीं। उस चुनाव में शोर-शराबा कम दिखता था। हाँ, समाचार-पत्रों, दूरदर्शन एवं रेडियो द्वारा खूब प्रचार हो रहा था। ऐसे प्रकाशनों और

प्रसारणों को मैं ध्यान से पढ़ता, देखता और सुनता तथा प्रयास करता कि वे सब बातें अनपढ़ और मेहनती लोगों तक पहुँच सकें। अभी हाल ही में पल्स पोलियो के बारे में पढ़-पढ़कर, देख-देखकर और सुन-सुनकर गाँव भर में मैंने खूब प्रचार किया था। और तो और, खुराक पिलाए जानेवाले दिन वयस्क लोगों को प्रेरित किया था और बिना माँ-बाप के इधर-उधर घूम रहे बच्चों को खुराक पिलवाई थी।

रात में हम सब एक साथ खाना खाने बैठे। दूसरे दिन मतदान था। मैंने बाबूजी को याद दिलाई, ''बाबूजी, इस बार आप किसे वोट दे रहे हैं?''

सुनकर पिताजी गंभीर हो गए, अभी कुछेक महीने पहले ही तो चुनाव हुआ था।

''समझ में नहीं आता, इन नेताओं को बार-बार चुनाव की क्या सूझती है? इनके पास दूसरा कोई काम नहीं होता क्या?''

मैंने उन्हें बताया और इसका कसूरवार बहुत हद तक उन्हें ठहराया। फिर किसे वोट देना है, इसपर खूब चर्चा हुई। अंत में यह भी तय हो गया। किंतु बाबूजी की समस्याओं का कोई अंत नहीं था। बोले, ''कल तो गेहूँ को पानी देना है और खाद भी डालनी है। कल तो साँस लेने की भी फुरसत नहीं होगी।''

मैंने जोर दिया, ''बाबूजी, वोट देना आपका कर्तव्य है और आप इससे कतरा नहीं सकते। फिर, इसमें समय ही कितना लगेगा? आप सुबह सबसे पहले मतदान केंद्र चले जाइएगा। तब न भीड़ होगी, न देर होगी।''

बाबूजी गौर से मुझे देखने लगे। शायद सोच रहे थे, क्या जमाना आ गया। बच्चे बड़ों को समझा रहे हैं।

बाबूजी किसे मतदान देंगे—यह तय हो गया। दाई इस पूरे वार्त्तालाप में तटस्थ रही थीं। मैंने सहज भाव से कहा, ''दाई, तुम भी बाबूजी के साथ चले जाना।''

शरमाकर वह बोलीं, ''शादी को छोड़कर आज तक साथ-साथ नहीं चली हूँ।''

पिताजी उन्हें मनाने लगे। मनाना क्या था, सीधा हुक्म था। सो दाई ने भी मौन स्वीकृति दे दी।

अगले दिन सुबह मुरगे ने बाँग दी। कई दिनों से पानी भरे बादल से लदा-फँदा आकाश आज पूरी तरह स्वच्छ था और सूरज खिलखिलाकर सबको शुभकामनाएँ दे रहा था। बाबूजी वोट डालने चले गए। दाई घर के कामों में लग गईं। बाबूजी वोट डालकर आ गए। तब भी दाई कामों में ही उलझी रहीं।

उस दिन हमारे स्कूल की छुट्टी थी और मैं देख रहा था कि कौन-कौन मतदान करने जा रहा है तथा कौन-कौन छूट रहा है। रह-रहकर यह बात मुझे कचोटने लगी कि दाई को फुरसत नहीं

मिल पा रही थी। वास्तव में घर के कामों और खाना बनाने में उनका पूरा दिन खत्म हो जाता था। इस तरह तो दाई वोट डालने से रहीं। मैं उनके पीछे पड़ गया। अव्वल, वह मतदान को महत्त्व नहीं दे रही थीं, क्योंकि वह अब तक इससे अनजान रही थीं। दूसरा, उनके पास समय नहीं था।

''दाई, मैं अपनी साइकिल पर बैठाकर तुम्हें ले जाऊँगा। सबकुछ फटाफट हो जाएगा। चलो, तैयार हो लो। देखो, पड़ोस की सारी महिलाएँ हो आईं और रामू की दादी भी वोट डाल आईं।''

दाई जानती थीं कि रामू की दादी सौ साल पार कर चुकी थी और उसके हाथ-पाँव तथा सिर हरदम हिलते रहते थे।

उस समय दाई कंडे थाप रही थीं। एक कंडा पटककर बोलीं, ''अरे बेटा, मेरे एक वोट से क्या बन-बिगड़ जाएगा?''

मैं चुपचाप वहाँ से चला गया। एकाएक धान के बोरे को देखकर मेरे दिमाग में एक युक्ति आई। मैंने एक दाना धान लिया और लिपी-पुती जगह पर रख दिया। मैं दाई के आने की प्रतीक्षा करने लगा।

दाई आईं। उनकी नजर धान के दाने पर गई। झुककर वह उसे उठाने लगीं। मुझे मौका मिल गया, ''दाई, रहने दो ना, धान के एक दाने से क्या बन-बिगड़ जाएगा? वोट देने तो तुम जा नहीं रही हो। बस, फालतू के कामों में उलझी पड़ी हो।''

दाई को बुरा लगा। आँखें तरेरकर कहने लगीं, ''जानते हो, यह एक दाना धान कितने महत्त्व का है? अरे, एक से बीस दाने बनेंगे, फिर बीस से बीस बोरा। समझे?''

''यही तो मैं समझाना चाह रहा हूँ, दाई, कि तुम्हारे एक वोट का कितना महत्त्व है! एक-एक वोट से ही देश को अच्छे प्रतिनिधि मिलेंगे और हमें अच्छी सरकार मिलेगी।'' मैंने कहा।

मेरी बातों का कितना असर दाई पर हुआ, मैं यह कह नहीं सकता, लेकिन वह मतदान करने के लिए राजी हो गईं। मैं अपनी साइकिल तैयार करने के लिए बढ़ा। वह पंक्चर खड़ी मिली।

''रहने दे, मैं खुद चली जाऊँगी। यदि एक वोट की कीमत एक दाने धान के बराबर है तो मैं वोट जरूर दूँगी।'' कहकर वह मुसकराने लगीं।

मैं भी उनके साथ मतदान केंद्र की ओर चल पड़ा। हालाँकि मैंने वह नहीं सोचा था, जो दाई सोच रही थीं। वोट देकर आने के बाद वह कहने लगीं, ''तुम इसीलिए मेरे साथ थे न कि मैं कहीं बिना वोट डाले लौट न पड़ूँ!''

मैं मुसकरा पड़ा। मेरे मुसकराने का कारण वह नहीं था, जो दाई ने समझा था। दाई के द्वारा एक भला काम होने के कारण मुझे अच्छा लगा था।

''शरारती कहीं का!'' मेरा कान उमेठतीं दाई खिलखिला उठीं। ■

उत्तराधिकारी

—इंदिरा परमार

गंगा-तट पर सुव्रत ऋषि का आश्रम था। आश्रम में रहकर अनेक शिष्य विद्या ग्रहण किया करते थे। नवीन, प्रवीण और मनीष उनके प्रमुख शिष्यों में से थे। तीनों ही निष्ठावान् और परिश्रमी थे। सबसे बढ़कर कौन है, कह पाना मुश्किल था।

ऋषि बूढ़े हो चुके थे। उन्हें एक योग्य उत्तराधिकारी की तलाश थी। इसी संदर्भ में एक दिन उन्होंने नवीन, प्रवीण और मनीष की परीक्षा लेने का निश्चय किया।

तीनों शिष्य तैयार हो गए। ऋषि ने कहा, ''मैं तुम लोगों को एक वर्ष का समय देता हूँ। जाओ और मेरे लिए कोई सुंदर सा उपहार लेकर लौटो। जिसका उपहार मुझे आश्वस्त करेगा, वही मेरा उत्तराधिकारी बनेगा।''

आज्ञा सुनकर तीनों शिष्य अलग-अलग दिशाओं की ओर चल पड़े।

नवीन एक राजा के यहाँ पहुँचा और मंत्री-पद पर काम करने लगा। प्रवीण सागर-तट पर मछुआरों की बस्ती में रहने लगा और गोताखोर बन गया। लेकिन मनीष एक ऐसे गाँव में पहुँचा, जो अकाल-पीड़ित था। वहाँ बच्चों और स्त्रियों को छोड़कर और कोई नहीं था।

मनीष आगे बढ़ चला। रास्ते में बस्ती के कुछ लोगों से उसकी भेंट हो गई। लोग राजा के पास मदद माँगने गए थे, किंतु निराश लौट रहे थे। मनीष ने उनकी हँसी उड़ाई और कहा, ''पौरुष रखकर भी तुम लोग मदद माँगते हो। यह याचक वृत्ति अच्छी नहीं है। मिल-जुलकर काम करो। मेहनत से तो पत्थर भी पिघलाया जा सकता है।''

मनीष ने उन निराश लोगों का नेतृत्व किया। सबके सब गाँव लौट आए। गाँव में पानी का

संकट था। मनीष ने तमाम कुओं को गहराई तक खुदवाया। देखते-ही-देखते पानी के संकट का हल हो गया। फसल लहलहाने लगी। अकाल न जाने कहाँ भाग गया। लोग खुशहाल हो गए। मनीष इसी तरह गाँव-गाँव सबको मेहनत के मंत्र सिखाता रहा।

वर्ष पूरा होने को आया। नवीन राजसी ठाट-बाट से लौटा और ऋषि को अनेक हाथी-घोड़े भेंट किए। प्रवीण भी समय पर ही लौट आया। और उसने गुरु-चरणों में कीमती मोती अर्पित कर दिए। एक वर्ष की अवधि समाप्त हो गई। लेकिन मनीष का पता कहीं न था। ऋषि को चिंता हुई। वे मनीष को ढूँढ़ने निकले। रास्ते में उनकी भेंट राजा से हो गई। ऋषि ने कहा कि आप सचमुच एक महान् राजा हैं, क्योंकि आपकी प्रजा सुखी है।

सुनकर राजा किंचित् शर्मिंदा हुए और बोले, ''इसका सारा श्रेय उस देवपुरुष को जाता है, जो मेरे राज्य में अचानक अवतरित हुआ है और लोग उससे मेहनत का सबक सीखकर खुशहाल हो रहे हैं।''

ऋषि राजा के साथ हो लिये। जब वे अगले गाँव में पहुँचे तो बस, देखते ही रह गए। धरती को स्वर्ग बनाने में हजार-हजार हाथ जुटे हुए थे। एक युवा साधु उनका नेतृत्व कर रहा था। वह मनीष था। गुरुदेव को देखते ही वह उनके चरणों पर झुक गया। ऋषि ने अपने धूलि-धूसरित शिष्य को उठाया और गले से लगा लिया। बोले, ''मुझे मेरा उत्तराधिकारी मिल गया। मनीष, तुम सचमुच धन्य हो।''

राजा ने जब यह कथा सुनी तो वे भी मनीष की प्रशंसा किए बिना नहीं रह सके। वे मनीष की पीठ थपथपाकर बोले, ''निस्संदेह जो दुःखियों के आँसू पोंछकर उन्हें खुशहाल कर दे, आज मुझे ऐसे ही उत्तराधिकारियों की जरूरत है।''

अधजल गगरी

—उषा यादव

"वरुण! जरा इधर आना, बेटा।"

पापा ने तीसरी बार आवाज लगाई तो कमरे में बैठा वरुण तमतमाया हुआ उठा और रसोई में खाना बनाती माँ के पास जाकर दबी आवाज में खीझकर बोल उठा, "यह सायरन कब तक बजता रहेगा?"

"क्या हुआ?" माँ ने रोटी बेलना रोककर पूछा।

"पापाजी हैं। वहाँ से चीखे जा रहे हैं कि आओ, आओ। पढ़ाई छोड़कर दौड़ने से कैसे काम चलेगा? मेरा होमवर्क क्या काला भूत आकर पूरा करेगा?"

"पाँच मिनट के लिए पढ़ाई रोककर उनकी बात सुना आओ, बेटे। उनके किसी दोस्त का लड़का तुम्हारे स्कूल में एडमिशन कराना चाहता है। कुछ जानकारी लेने के लिए अपने पिता के साथ आया है। इसीलिए तुमको बुला रहे हैं।" माँ ने धीरे से कहा।

"जानता हूँ।" वरुण का पारा और चढ़ गया, "कोई दरवाजे पर आ भर जाए; चाहते हैं कि पूरा परिवार उसके स्वागत में बिछ जाया करे। तुम्हीं ने शह दे-देकर उनका दिमाग बिगाड़ दिया है। हर आने-जानेवाले के स्वागत में चाय-शरबत पेश किया करती हो।"

"यह तो सामान्य शिष्टाचार है, बेटे। एक प्याला चाय पिलाने में हमारा क्या बिगड़ता है? कोई आदमी अपने जरूरी कामकाज में से समय निकालकर हमारे यहाँ आए तो उसे चाय-पानी के लिए तो पूछना ही चाहिए।" माँ ने बड़े धीरज से समझाया।

"जरूर पूछो। रोका किसने है?" वरुण भड़का, "चाय-पानी से क्या होगा, भोजन का

थाल भी पेश करो! यह तो अपनी-अपनी इच्छा की बात है, लेकिन दूसरे का दिमाग क्यों चाटते हो? जरूरी है कि दूसरे भी तुम्हारी तरह अतिथि-सत्कार के लिए दौड़ पड़ें! साफ-साफ सुन लो, मैं ड्राइंगरूम में नहीं जाऊँगा।''

''बेटे!'' माँ घबराकर बोलीं, ''देखो, जिद मत करो। तुम्हारे पापा नाराज होंगे। जितनी देर तुमने यहाँ बहस में समय बिताया उतनी देर में तो उनकी बात सुन आए होते।''

''क्यों सुन आया होता? मुझे पूछताछ का दफ्तर समझ रखा है क्या? स्कूल की फीस, स्कूल के नियम-कानून और स्कूल का समय वहाँ जाकर भी मालूम किया जा सकता है। बस, मुँह उठाया और दौड़े चले आए, जैसे यहाँ उनके नौकर बैठे हुए हैं।''

''छोड़ो बेटे, तुम्हीं जाकर बता आओ।'' माँ ने खुशामद की।

पर वरुण न पसीजा। उसने कंधे उचका दिए और कहा, ''क्यों जाऊँ? मेरी सूरत देखती हो? इस हाफ पैंट में वहाँ चला जाऊँ, लंबी-लंबी टाँगें बड़ी खूबसूरत लगेंगी। कब से चिल्ला रहा हूँ, बाल कटाने हैं! पैसे निकालकर दिए? नाई तो जैसे मामा है मेरा, फोकट में बाल काट देगा। अब इस भूत बाबा जैसी सूरत को लेकर जाएगी जूती!''

''कंघा लेकर एक मिनट में बाल काढ़ लो, कपड़े बदल लो। इन कामों में देर ही कितनी लगती है!'' माँ ने फुसलाने की कोशिश की।

पर तेरह साल का वरुण फुसलाने-समझाने में नहीं आया। साफ मुकर गया, ''मैं वहाँ नहीं जाऊँगा। तुम दरवाजे के पास जाकर कह दो कि वरुण अपने दोस्त के यहाँ गया है। घर में नहीं है।''

''छिह बेटा! कैसी बातें करता है तू?'' माँ सिहर उठीं, ''मेरा झूठ साफ पकड़ में आ जाएगा। इतनी देर से बोल रहा है तू, क्या तेरी आवाज वहाँ तक नहीं पहुँच रही होगी?''

''तब तो मजा ही आ जाएगा।'' वरुण दुष्टता से हँसकर बोला, ''दो-चार बार तुम लोगों को दूसरों के सामने शर्मिंदा होना पड़ेगा तो हुक्म चलाना भूल जाओगे। मेरी 'न' का मतलब कभी 'हाँ' नहीं होता, जानती हो न?''

माँ की आँखें डबडबा आईं। सचमुच, अपनी संतान को वे नहीं जानेंगी तो कौन जानेगा? दिनोदिन उद्दंड और जिद्दी होते जा रहे इस बच्चे पर न प्यार का असर होता है, न फटकार का। पढ़ाई में जरा ठीक-ठाक है, क्लास में पहले-दूसरे स्थान पर आ जाता है, उसी का इतना घमंड है कि माँ-बाप को तो कुछ समझता ही नहीं। सचमुच, यदि किसी बात के लिए 'न' कह दे तो उसे 'हाँ' में बदलवाने का सामर्थ्य ब्रह्मा में भी नहीं है।

माँ ने एक ठंडी साँस भरी। जैसा वरुण ने कहा था वैसा ही किया उन्होंने। खुशी से नहीं, मजबूरी से। दरवाजे के पास जाकर बोलीं, ''सुनिए, वरुण घर पर नहीं है। किसी दोस्त के यहाँ

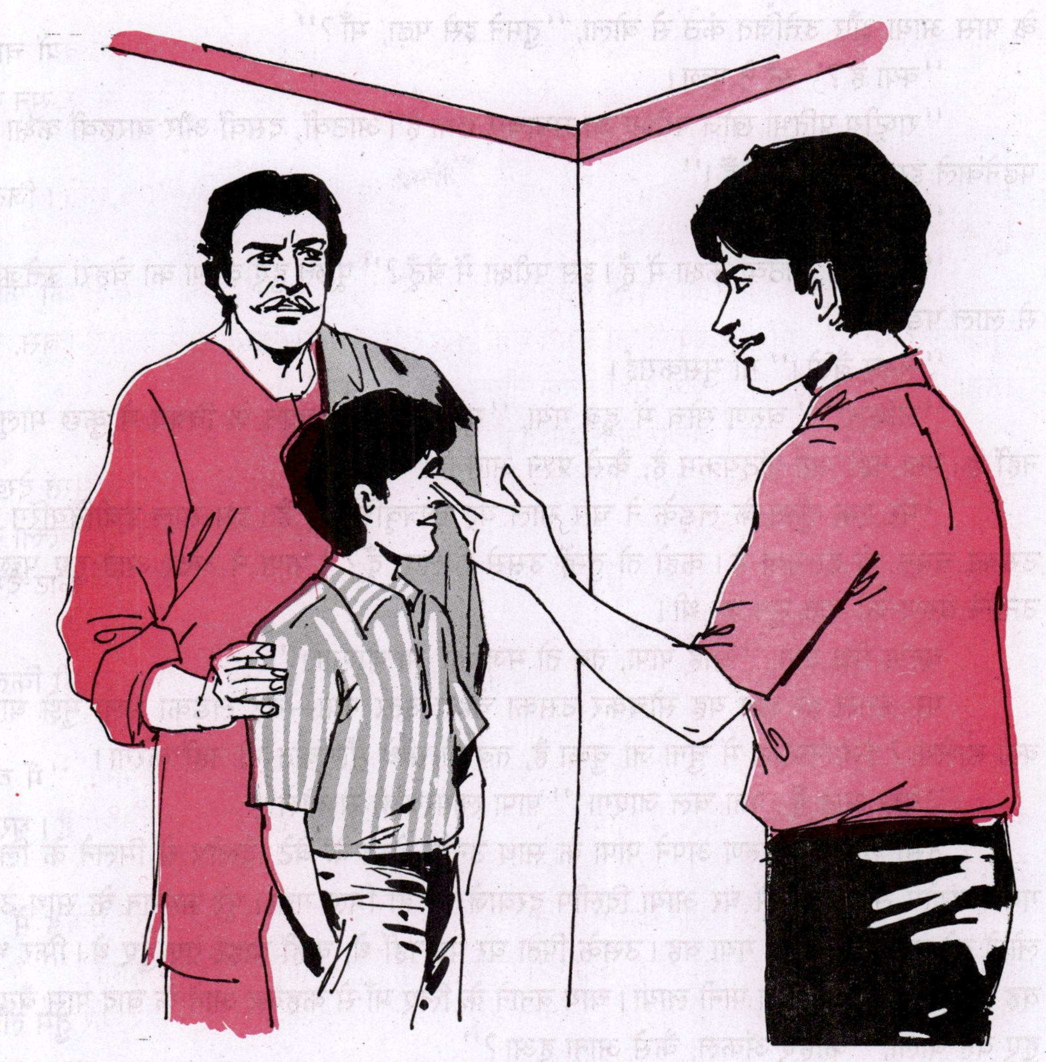

गया है। पता नहीं, आने में कितनी देर लगेगी।''

''ठीक है, हम लोग चलते हैं। फिर किसी दिन आ जाएँगे।'' बाहर से आए सज्जन यह कहते हुए उठे और अपने बेटे को साथ लेकर चल दिए।

माँ को ऐसा महसूस हुआ जैसे झूठ बोलकर उन्होंने कोई पाप किया हो। ग्लानि से वह धरती में गड़-सी गईं। आँखों के आँसू पोंछ, रसोई की ओर जाते समय कमरे में बैठे वरुण पर उनकी निगाह पड़ी—मुँह से सीटी पर फिल्मी गाने की कोई धुन निकाल रहा था वह।

माँ का उदास चेहरा कुछ और उतर गया।

अगले दिन इतवार था। छुट्टी का दिन। सुबह अखबार देखते ही वरुण दौड़ता हुआ माँ

के पास आया और उत्तेजित कंठ से बोला, ''तुमने इसे पढ़ा, माँ?''

''क्या है?'' माँ ने पूछा।

''राष्ट्रीय प्रतिभा खोज परीक्षा का समाचार छपा है। आठवीं, दसवीं और बारहवीं कक्षा में पढ़नेवाले इसमें बैठ सकते हैं।''

''अच्छा।'' माँ बोली।

''मैं भी तो आठवीं कक्षा में हूँ। इस परीक्षा में बैठूँ?'' पूछते हुए वरुण का चेहरा उत्तेजना से लाल पड़ गया।

''जरूर बैठो।'' माँ मुसकराई।

''लेकिन...'' वरुण सोच में डूब गया, ''मुझे तो इस इम्तहान के विषय में कुछ मालूम नहीं है। पता नहीं क्या पाठ्यक्रम है, कैसे प्रश्न आते हैं।''

''मेरे एक दोस्त के लड़के ने चार साल यह छात्रवृत्ति पाई है। इस साल इंजीनियरिंग में उसका चयन भी हो गया है। कहो तो तुम्हें उससे मिलवा दूँ?'' पापा ने अंदर आते हुए पूछा। उन्होंने वरुण की बात सुन ली थी।

वरुण रीझ गया, ''ओह पापा, तब तो मजा ही आ जाएगा।''

पर अगले ही क्षण यह सोचकर उसका चेहरा उतर गया—वह लड़का भला मुझे घास क्यों डालेगा? इंजीनियरिंग में चुना जा चुका है, तब तो सीधे मुँह बात भी नहीं करेगा।

''देख आते हैं। पता चल जाएगा।'' पापा लापरवाही से बोले।

उसी शाम को वरुण अपने पापा के साथ उनके दोस्त के बेटे दिलीप से मिलने के लिए गया। संयोग से छुट्टियों में घर आया दिलीप दरवाजे पर ही मिल गया। पूरे सम्मान के साथ उन लोगों को ड्राइंगरूम में ले गया वह। उसके पिता घर पर नहीं थे, कहीं बाहर गए हुए थे। फिर भी वह खुद अंदर जाकर ठंडा पानी लाया। चाय बनाने के लिए माँ से कहकर आने के बाद पास बैठते हुए वह बोला, ''कहिए अंकल, कैसे आना हुआ?''

''यह वरुण इस साल राष्ट्रीय प्रतिभा खोज परीक्षा में...''

''ओह, मैं समझ गया। लेकिन भाई, तुमने इस छोटे से काम के लिए अंकल को क्यों परेशान किया? मैं तुम्हारा बड़ा भाई हूँ न। तुम अकेले चले आते। जो कुछ पूछना था, पूछ लेते।'' दिलीप ने मुसकराकर कहा और समुचित तरीके से वरुण को उस परीक्षा के बारे में ढेरों जानकारियाँ दीं कि वह गद्‌गद हो उठा। उसे महसूस हुआ कि दिलीप में इतनी प्रतिभा और योग्यता के होते हुए भी जरा भी घमंड नहीं है। दूसरी ओर वह खुद है, जो कभी-कभी क्लास में फर्स्ट आने पर ही जमीन पर सीधे पाँव नहीं धरता है।

झूठी शान दिखाने के अपने स्वभाव पर वरुण शर्म से पानी-पानी हो उठा। उसे 'अधजल

गगरी छलकत जाय' कहावत याद हो आई।

चाय पीकर वहाँ से घर लौटते समय उसके मन में अचानक पता नहीं क्या आया, ठिठकते हुए बोला, ''पापाजी, आपके कलवाले दोस्त भी तो इसी मोहल्ले में कहीं रहते हैं न? चलिए न, उनके बेटे की पढ़ाई की समस्या भी हम लोग पूछते चलें। व्यर्थ दुबारा आने की तकलीफ उन्हें क्यों दी जाए!''

एक अनोखा सपना

—ऋचा सिंहल

कल रात पिंकी ने सपने में देखा कि इक्कीसवीं सदी के तीस साल पूरे हो गए हैं। भारत का नक्शा एकदम बदल गया है। बड़ी-बड़ी कोठियाँ और उनसे सटे बाग-बगीचे गायब हो गए हैं। चारों ओर फ्लैट-ही-फ्लैट हैं—एक से एक सुंदर डिजाइनवाले। हरेक घर में दैनिक जीवन की जरूरतें पूरी करने में उपयोगी नए-से-नए उपकरण हैं। कंप्यूटर तो हर घर में है। यह देखकर वह ठगी-सी रह गई। वह सोचने लगी कि क्या इस युग के बच्चे भी बदल गए हैं?

अचानक पिंकी की निगाह स्कूल बस से उतरकर अपने फ्लैट की ओर जाते एक बच्चे पर पड़ी। स्कूल बैग पर लिखे नाम से पता लगा कि वह टिंकू है।

टिंकू की चाल-ढाल से ही पिंकी यह समझ गई कि वह बहुत शरारती होगा। फिर उसने देखा कि उसका अनुमान एकदम सही था। टिंकू ने घर में घुसते ही अपना बस्ता सोफे पर फेंका और कंप्यूटर टेबल पर जा बैठा। माँ ने आवाज लगाई कि वह पहले कपड़े बदलकर हाथ-मुँह धो ले और खाना खा ले। टिंकू ने कंप्यूटर टेबल पर बैठे-बैठे जवाब दिया कि उसे भूख नहीं लगी है। माँ को टिंकू की आदतें मालूम थीं, इसलिए वह वहीं खाने की थाली ले आई। टिंकू ने जैसे-तैसे खाना खाया और कंप्यूटर गेम्स खेलने लग गया।

पिंकी ने देखा कि टिंकू ने अपने सारे दोस्त कंप्यूटर पर ही बना रखे थे। वह 'माउस' हिला-हिलाकर रात तक अपने दोस्तों से गप्पें मारता रहा। इस कारण वह स्कूल से मिला होमवर्क भी नहीं कर पाया।

एक दिन टिंकू के स्कूल में पिकनिक का प्रोग्राम बना। अध्यापकों ने तय किया कि बच्चों को चिड़ियाघर ले जाया जाए और लुप्त हो रहे जीव-जंतुओं के बारे में जानकारी दी जाए।

टिंकू को पिकनिक के बारे में सुनकर दुःख भी हुआ और थोड़ी खुशी भी हुई। दुःख इसलिए कि उसे अपना प्रिय कंप्यूटर एक दिन के लिए छोड़ना पड़े। लेकिन पहली बार उसे चिड़ियाघर जाने का अवसर मिल रहा था, इसलिए वह थोड़ा खुश भी था। उसने घर आकर खूब तैयारियाँ कीं। टॉफियाँ, चिप्स, कोका-कोला आदि खरीदकर अपना बैग भर लिया। डिजिटल कैमरा भी रख लिया, जिससे फोटो खींचकर कंप्यूटर पर लगा सके।

अगले दिन सब बच्चे टॉफियाँ खाते और खूब शोर मचाते हुए चिड़ियाघर पहुँचे। अध्यापकों

ने दस-दस बच्चों की टोलियाँ बनाईं। टिंकू को प्रिंसिपलवाली टोली में रखा गया। उसे सख्त चेतावनी दी गई कि वह कोई शरारत न करे, पशुओं को डराए-धमकाए या चिढ़ाए नहीं। पर टिंकू ये बातें कहाँ माननेवाला था! उसने बंदरों को चिढ़ाते हुए केले खाए। सफेद शेरवाले पिंजरे में हाथ डालने की कोशिश की। हाथी और ऊँट की सवारी करते हुए जोर-जोर से गाने गाए।

तरह-तरह के जानवर देखते हुए टिंकू को खूब मजा आ रहा था। जिराफ, पांडा, कंगारू, डॉलफिन और खरगोश उसे बेहद पसंद आए। उसने अपने कैमरे से इन सबकी तसवीरें खींचीं। वह प्रिंसिपल से हर जानवर के बारे में तरह-तरह के प्रश्न पूछकर उन्हें परेशान करता रहा।

टिंकू को अचानक एक पिंजरे में उछलते हुए छोटे-छोटे जीव नजर आए। वह अपनी टोली छोड़कर भागता-भागता वहाँ पहुँचा और उन्हें उत्सुकता से देखने लगा। उसके पीछे-पीछे टोली के शेष बच्चे और प्रिंसिपल भी पहुँच गए। टिंकू ने उन सफेद जीवों के बारे में बताने का अनुरोध प्रिंसिपल से किया। प्रिंसिपल ने बताया कि "ये सफेद जीव चूहे हैं, जिन्हें अंग्रेजी में 'माउस' (Mouse) कहते हैं। सन् 2020 के बाद इनकी संख्या कम होनी शुरू हो गई थी। अगले कुछ वर्षों में ये धरती से लुप्त हो जाएँगे।"

यह सुनकर टिंकू को बहुत आश्चर्य हुआ। 'माउस' से तो वह अपने कंप्यूटर पर हर रोज काम करता था। उसने प्रिंसिपल को बताया कि यह माउस नहीं हो सकता, क्योंकि वह तो कंप्यूटर के साथ होता है और उसमें जान नहीं होती है। प्रिंसिपल के लाख समझाने के बावजूद कि दोनों को 'माउस' कहते हैं, उसे विश्वास नहीं हुआ। फिर भी उसने उन चूहों के ढेर सारे चित्र खींचे।

घर लौटकर टिंकू ने अपने माता-पिता से उन चूहों के बारे में पूछा। उन्होंने भी उसे वही जानकारी दी जो प्रिंसिपल ने दी थी। टिंकू को फिर भी यकीन नहीं हुआ। हाँ, वह बहस में उलझने की बजाय अपने कंप्यूटर पर माउस से खेलने लगा। खेलते-खेलते अचानक कंप्यूटर पर चित्रोंवाली डिक्शनरी खुल गई। संयोग से पृष्ठ भी वही खुला, जिसपर 'माउस' शब्द लिखा था। इस तरह टिंकू को कंप्यूटर की स्क्रीन पर चिड़ियाघरवाले सफेद चूहों के चित्र नजर आने लगे। चित्र की बाईं ओर 'माउस' शब्द और उसके अर्थ लिखे थे। उन्हें पढ़कर टिंकू को मालूम हुआ कि माउस के दो अर्थ होते हैं—एक कंप्यूटरवाला और दूसरा उछलता-कूदता चूहा। अब उसने कुछ और शब्दों के अर्थ ढूँढ़े। शब्दों के भिन्न-भिन्न अर्थ जानकर उसे बड़ा मजा आने लगा।

अब उसने स्कूल के विभिन्न विषयों से संबंधित कोशों तथा अन्य पुस्तकों के सी.डी. रोम खरीद लिये। वह उन्हें हर रोज अपने कंप्यूटर पर पढ़ने लगा। नई बातें पता लगने पर वह अपने दोस्तों को बताता और शेखी बघारता। दोस्त उसकी बातें सुनकर बहुत खुश होते। धीरे-धीरे वह पढ़ाकू टिंकू के नाम से मशहूर हो गया।

तभी पिंकी की नींद टूट गई। अपने उस सपने को याद करके वह सोचने लगी कि अगर

उसके पास भी एक कंप्यूटर होता तो उसकी भी दुनिया कुछ और होती। सहसा उसे अखबार में कंप्यूटर बेचनेवाली एक कंपनी का विज्ञापन दिखाई दिया। उसमें लिखा था कि लोग उनके यहाँ से बिना ब्याज के आसान किस्तों पर कंप्यूटर खरीद सकते हैं। पिंकी ने शाम को अपने पिताजी को वह विज्ञापन दिखाकर कंप्यूटर खरीदने का अनुरोध करने का निश्चय किया और स्कूल जाने के लिए तैयार होने लगी।

सफेद घोड़ोंवाला मंदिर

—ओम्प्रकाश सिंहल

लगभग दो हजार साल पुरानी घटना है। उन दिनों चीन की राजधानी लोयाङ में थी। पूर्वी हान वंश के शासक सम्राट् मिङ्ग का शासनकाल था। एक दिन राजा को सपने में एक अद्‌भुत व्यक्ति के दर्शन हुए। उस व्यक्ति के शरीर का एक-एक अंग साँचे में ढला था। शरीर का हर अंग सोने की तरह दमक रहा था। मुखमंडल का तो कहना ही क्या! उसपर अद्‌भुत तेज था। इस दृश्य को देखते ही राजा आश्चर्य से भर उठा।

अगले दिन दरबार लगा। राजा ने भाव-विभोर होकर सभी को अपना सपना सुनाया। फिर दरबारियों से कहा कि वे इस अद्‌भुत सपने का अर्थ बतलाएँ। सभी दरबारी चुप रहे। दरबार में सन्नाटा देखकर राजा ने अपना प्रश्न दोहराया और सपने का अर्थ समझाने के लिए कहा। कुछ देर तक फिर चुप्पी छाई रही।

आखिरकार एक दरबारी उठा। उसने चारों ओर देखा। फिर राजा के सामने सिर झुकाते हुए विनम्रतापूर्वक कहा, "महाराज! आपने सपने में जिस व्यक्ति के दर्शन किए थे, वे महात्मा बुद्ध थे। तेजस्वी मुखमंडल उनकी महिमा बतला रहा था। सपने में उनके दर्शन होने का अर्थ यह है कि वे आपसे प्रसन्न हैं। आपके राज्य पर उनकी कृपा सदैव बनी रहेगी।"

यह सुनकर राजा बहुत प्रसन्न हुआ।

राजा दिन भर अपने मंत्रियों से सलाह लेता रहा। शाम तक उसने यह निर्णय ले लिया कि क्या करना है। अगले दिन उसने अपने दो अधिकारियों को बुलाया। इनके नाम थे—छाए इन तथा छिन चिङ्ग। दोनों को भारत जाने और बौद्ध ग्रंथ लाने का आदेश उसने दिया। अधिकारियों ने सिर

झुकाकर आदेश को स्वीकार किया और यह वचन भी दिया कि उन्हें जो कार्य सौंपा गया है, उसे वे जल्दी-से-जल्दी पूरा करेंगे।

उन दिनों आवागमन के साधन बहुत सीमित थे। न रेलगाड़ियाँ थीं, न हवाई जहाज। लोग प्राय: घोड़ों पर सवार होकर जाते थे। बड़ी-बड़ी नदियाँ पार करने के लिए नौकाएँ काम में लाई जाती थीं। छाए इन तथा छिन चिङ्ग घोड़ों पर सवार हुए। ये घोड़े राज्य के श्रेष्ठ घोड़े थे। बिना थके, बिना रुके कितने ही मीलों तक तेज चाल से चलते रहना इनका स्वभाव था। जब वे चलते थे तो ऐसा लगता था मानो हवा से बातें कर रहे हों। चलते-चलते वे उस स्थान पर आ पहुँचे, जिसे अफगानिस्तान कहते हैं। दोनों अधिकारियों ने वहाँ थोड़ी देर के लिए विश्राम किया। वहाँ पर उन्हें बहुत सी बौद्ध प्रतिमाएँ देखने को मिलीं। वहाँ उन्हें बौद्ध धर्म-संबंधी बहुत से ग्रंथों

का भी पता चला।

थोड़ा सा विश्राम लेने के बाद छाए इन तथा छिन चिङ्ग आगे बढ़ चले। चलते-चलते वे भारत पहुँचे। भारत में उनकी मुलाकात बहुत से बौद्ध भिक्षुओं से हुई। वे ऐसे ज्ञानी बौद्ध भिक्षुओं की खोज में थे, जिन्हें चीन ले जाया जा सके। आखिर उन्हें अपने लक्ष्य में सफलता मिल गई। वे जिन दो बौद्ध भिक्षुओं से प्रभावित हुए, उनके नाम थे कश्यप मातंग तथा धर्मरत्न। बहुत से लोग यह मानते हैं कि धर्मरत्न का असली नाम धर्मरक्ष था। अधिकारियों ने इन भिक्षुओं से लोयाङ चलकर बौद्ध धर्म का उपदेश देने का निवेदन किया। भिक्षुओं ने निमंत्रण स्वीकार कर लिया।

भिक्षु और अधिकारी घोड़ों पर सवार हुए। भिक्षुओं के लिए सफेद घोड़ों की व्यवस्था की गई। बहुत से घोड़ों पर बौद्ध धर्म-संबंधी ग्रंथ भी लादे गए।

घोड़ों का काफिला चीन की ओर चल पड़ा। रास्ते में बहुत सी रुकावटें आईं। कभी शरीर की हड्डियों को कँपा देनेवाली ठंडी हवाओं का सामना करना पड़ा, कभी भयंकर तूफान झेलना पड़ा और कभी दुर्गम पर्वतीय मार्गों से गुजरना पड़ा; लेकिन बौद्ध धर्म के सच्चे उपासक चलते चले गए। आखिर वे एक दिन लोयाङ्ग पहुँच ही गए। राजा और प्रजा ने उसका भव्य स्वागत किया।

राजा ने भारत से आए बौद्ध भिक्षुओं के लिए भारतीय बौद्ध मंदिरों की शैली पर एक बौद्ध मंदिर बनवाया। प्रवेश-द्वार के बाहर दोनों ओर दो घोड़े बनाए गए। ये घोड़े लोगों को यह सूचना देते थे कि इस बौद्ध मंदिर में रहनेवाले भिक्षु इनपर सवार होकर भारत से आए थे। मंदिर के बाहर बने घोड़ों के कारण यह बौद्ध मंदिर 'सफेद घोड़ोंवाला मंदिर' के नाम से प्रसिद्ध हो गया।

भिक्षुओं का प्रवचन बड़ा प्रभावशाली था। लोग आदरपूर्वक इन प्रवचनों की चर्चा करते। धीरे-धीरे उन्हें सुननेवालों की संख्या बढ़ती चली गई। जो भी सुनता, वह प्रभावित हुए बिना न रहता; तुरंत बौद्ध धर्म अपना लेता। इस प्रकार बौद्ध धर्म अपनानेवालों की संख्या लगातार बढ़ती चली गई। उनके मन में बौद्ध धर्म-संबंधी ग्रंथों को पढ़ने की तीव्र इच्छा उत्पन्न हो गई। उनकी इस इच्छापूर्ति के लिए भारतीय भिक्षुओं ने बौद्ध धर्म के छह ग्रंथों का अनुवाद चीनी भाषा में किया।

चीन में यह मंदिर आज भी विद्यमान है। हर रोज हजारों दर्शक इसे देखने आते हैं। इनमें चीनी भी होते हैं और विदेशी भी। जो भी इसे देखता है, वह दाँतों तले अँगुली दबा लेता है।

यह मंदिर अपने निर्माण काल से लेकर अब तक अनेक बार टूटा और बना है। इसे फिर से बनाते समय यह ध्यान रखा गया है कि यह अपने मूल रूप जैसा ही लगे। यही कारण है कि आज भी मंदिर के बाहर दोनों ओर एक-एक घोड़ा बना हुआ है; लेकिन ऐसा नहीं है कि मंदिर में तनिक भी बदलाव न हुआ हो। भीतर घुसते ही चहारदीवारी के पूर्वी और पश्चिमी कोनों पर एक-एक समाधि बनी है। कहते हैं कि ये समाधियाँ उन्हीं बौद्ध भिक्षुओं की हैं, जो सम्राट् मिङ्ग के समय में भारत से चीन गए थे। ■

साहसी बच्चे

—कल्पनाथ सिंह

रमेश और सुरेश की दोस्ती पूरे गंगापुर गाँव भर में मशहूर थी। चार-पाँच वर्ष की उम्र से लेकर अब, जब उन दोनों की उम्र तेरह-चौदह वर्ष की हो गई—तक उन दोनों में कभी एक मिनट के लिए भी किसी ने अनबन नहीं देखी। हालाँकि दोनों का घर गंगापुर गाँव के दो छोर पर था, लेकिन खाना और सोना छोड़कर कभी दोनों अलग नहीं होते थे।

दोनों एक ही स्कूल में एक ही कक्षा में पढ़ते भी थे और पढ़ाई-लिखाई में भी दोनों अपनी कक्षा में अव्वल आते थे। परीक्षा में कभी-कभी रमेश एक-दो नंबर से आगे हो जाता तो कभी सुरेश। बस, कमी दोनों में यही थी कि दोनों एकदम अलमस्त और मनमौजी थे। कभी किसी की कड़ी बात उन्हें बरदाश्त ही नहीं होती थी। अपने से दूने-तिगुने लड़कों को भी गरदन पर हाथ लगाकर पटकनी दे देते थे। इसीलिए गाँव के लड़के तो उन दोनों से अलग-थलग रहते ही थे, स्कूल के लड़के भी उन दोनों से काफी घबराते थे। खेलकूद में तो उनका कोई भी मुकाबला नहीं कर पाता था। गाँव में होनेवाली हर खुराफात में उनका नाम जरूर रहता। कहीं झगड़ा-फसाद होता तो उसमें भी रमेश और सुरेश का नाम जरूर शामिल रहता। तेज-तर्रार तथा खुराफाती दिमाग होने के कारण गाँव के लोग डरते कि ये दोनों लड़के बड़े होने पर गाँव का नाम जरूर बदनाम करेंगे। चूँकि पढ़ने-लिखने और खेलकूद में दोनों तेज थे, इसलिए न तो स्कूल के मास्टर लोग उन दोनों को कुछ कहते और न घर पर माँ-बाप ही। अगर गाँव के लड़के कहीं खेलते-कूदते करते रहते तथा रमेश और सुरेश को देख लेते तो उनकी घिग्घी बँध जाती। हालाँकि दोनों खेलकूद में ज्यादा विघ्न नहीं डालते। हाँ, एक अच्छी आदत उन दोनों में यह भी थी कि पेड़-पौधों, पशु-

पक्षियों से उन्हें बेहद प्यार था। उनके देखते क्या मजाल कि कोई किसी पशु-पक्षी पर एक ढेला भी चला दे, या हरी-भरी कोई डाल भी तोड़ दे।

गंगापुर गाँव के एक ओर नदी बहती थी। तीन तरफ से वह गाँव जंगलों से घिरा हुआ था। इसीलिए वे दोनों छुट्टियों में सुबह से शाम तक उन्हीं जंगलों में घूमा करते। जंगल का कोई पेड़-पौधा ऐसा नहीं था, जिसके फल-फूल का स्वाद उन्हें नहीं मालूम हो। जंगलों में घूमना, जंगली फल-फूल का स्वाद चखना, जंगली जानवरों की कुलाँचें भरना उन दोनों को बेहद पसंद था। यहीं नहीं, अगर किसी जंगली जानवर का बच्चा या बड़ा जानवर उनको घायल या बीमार या जख्मी मिल जाता तो दोनों उसे उठाकर ले जाते और तरह-तरह से उनका इलाज करते। ठीक हो जाने पर

वे उन्हें फिर ले जाकर जंगल में छोड़ आते।

उनकी जून की सारी छुट्टियाँ तो जंगलों में ही बीततीं। एक दिन वे दोनों जामुन के पेड़ पर चढ़कर पके-पके, काले-काले जामुन खा रहे थे। तभी उन्होंने देखा कि तीन-चार लकड़हारे किस्म के लोग आए और चुपके से घनी झाड़ियों के बीच जाल लगाकर जल्दी-जल्दी सूखी लकड़ियाँ तोड़ने लगे। शाम हो रही थी। लकड़ियाँ तोड़ लेने के बाद वे चारों इधर-उधर घात लगाकर चुपके-चुपके जंगली जानवरों को घेरकर जाल की तरफ ले आए और एक पाढ़ा को जाल में फँसा लिया। फिर आनन-फानन में चारों ने उसे मारकर खाल उतारी और उसकी हड्डी, मांस तथा चमड़े को उन्हीं सूखी लकड़ियों के बोझ के साथ पलाश आदि के पत्तों से ढककर बहुत ही सावधानी से बोझ में बाँध लिया, ताकि कहीं से कुछ भी दिखाई न दे। और सूखी लकड़ियों के बोझ लेकर मस्ती से चल दिए।

रमेश और सुरेश यह देखकर दंग रह गए। उनका खून खौल उठा। दिन-रात जंगलों में घूमने-फिरने से रमेश और सुरेश को यह मालूम था कि वन-रक्षक इस समय कहाँ होंगे। वे दोनों आनन-फानन में पेड़ से उतरकर वन-रक्षकों के पास गए और सारी घटना उन्हें बता दी।

इतना सुनते ही वन-रक्षक ने रमेश और सुरेश को लेकर उसी तरफ जाकर जंगल के बाहर घेरा डाल दिया, जिधर से वे शिकारी लकड़ियों का बोझ लिये निकलने वाले थे। इतने में लकड़हारे के वेश में वे चारों शिकारी लकड़ी लिये जंगल से निकले। वन-रक्षकों को देखकर उनके प्राण सूख गए। फिर भी वे अपने को गरीब लकड़हारे बनाए आगे बढ़े।

तभी एक वन-रक्षक बोल पड़ा, "क्यों जी, इस सूखी लकड़ी के बोझ में तुमने क्या छिपा रखा है?"

"सरकार, हम गरीब लोगों की जीविका यही सूखी लकड़ी ही है। इसमें और क्या हो सकता है!"

"बोझ उतारो और खोलो, हम देखें तो कि इसमें कुछ और तो नहीं है!"

"सरकार, दिन डूबने वाला है। लकड़ी नहीं बिकेगी तो हम लोगों के बच्चे आज भूखे रह जाएँगे।"

"तुम्हारी लकड़ी नहीं बिकेगी तो हम इसकी कीमत भर देंगे, लेकिन बोझ उतारो और दिखाओ।"

वन-रक्षकों की जिद को देखकर दो शिकारी, जिनके बोझ में पाढ़ा की खाल तथा उसका सिर था, बोझ को फेंककर सिर पर पाँव रखकर जंगल के पेड़-पौधों में छिपते तथा ऊबड़-खाबड़ लाँघते भागने लगे; लेकिन दो पकड़ लिये गए। बोझ खोलकर जंगली जानवर का मांस, खाल—सब बरामद होने पर वन-रक्षक इन साहसी बच्चों रमेश और सुरेश को खुशी के मारे गोद में

उठाकर झूम उठे।

दोनों शिकारियों ने वन-रक्षकों द्वारा गहन पूछताछ करने के बाद अपने अपराध कबूल कर लिये कि वे काफी दिनों से लकड़हारों के वेश में हिरन, पाढ़ा, लोमड़ी, सियार आदि छोटे-मोटे जानवरों का शिकार करते रहे हैं और उनकी खाल की तस्करी विदेशों में करते रहे हैं।

दोनों तस्कर शिकारियों के इन सनसनीखेज बयानों से वन-रक्षकों के होश उड़ गए। उन्हें स्वप्न में भी यह आभास नहीं था कि फटे-पुराने कपड़े पहने बंजारों जैसे दिखनेवाले ये तस्कर शिकारी लकड़हारों के वेश में इतने दिनों से संरक्षित जंगली पशुओं के शिकार इस तरह कर रहे थे। बाद में पता चला कि ये मामूली नहीं, बल्कि बड़े खूँखार तस्करों के गिरोह के सदस्य थे।

दूसरे दिन रमेश और सुरेश के फोटो के साथ जब यह खबर सभी समाचार-पत्रों में छपी तो गंगापुर गाँव के लोगों का दिल उछल पड़ा। पूरे गाँव ने दोनों बच्चों को फूल-मालाओं से लादकर उनका अभिनंदन किया और जिसके पास जो भी था, उन दोनों बच्चों को पुरस्कारस्वरूप दिया।

जंगली जानवरों के शिकारी तस्करों को पकड़वाने के उपलक्ष्य में रमेश और सुरेश—दोनों को ब्लॉक, तहसील तथा जिला स्तर पर तो ढेर सारे पुरस्कार मिले ही, प्रदेश स्तर पर भी गणतंत्र दिवस के अवसर पर जब उनको तथा उनके माता-पिता को सम्मानित किया गया तो अपने-अपने सपूत के इस राष्ट्रीय कर्तव्य-पालन से उनको जो मान-सम्मान मिला उससे वे गद्‌गद हो उठे। रातोरात अपने दोनों सपूतों—रमेश और सुरेश के कारण गंगापुर गाँवं अपने पूरे जिले तथा प्रदेश में मशहूर हो गया। गंगापुर गाँव में तो उन होनहार सपूतों की चर्चा सालों तक घर-घर में होती रही।

नन्ही परी

—किशोर तारे

एक थी गुलाब परी। बड़ी नटखट थी। वह आएदिन कुछ-न-कुछ शैतानी करती रहती थी। जहाँ जाती वहीं गड़बड़ करती। धरती पर उतरकर पशु-पक्षियों को तंग करने में उसे बड़ा मजा आता था। परीलोक के लोग उसे समझा-समझाकर थक गए। उसकी सहेलियाँ भी उससे सँभलकर रहतीं।

एक दिन परी की सहेलियों ने नदी के किनारे घूमने का मन बनाया। सहेलियाँ उस परी को साथ नहीं ले जाना चाहती थीं, पर उसने सहेलियों से वायदा किया कि वह कोई शैतानी नहीं करेगी। सहेलियों के संग वह घूमने चल पड़ी। रास्ते में उसने पत्थर बीनना शुरू कर दिया। वह पत्थरों से पशु-पक्षियों को मारने लगी। पत्थर की मार के दर्द से परेशान होकर पशु-पक्षी भी परी को मन-ही-मन कोसने लगे। सहेलियों के मना करने पर भी वह परी नहीं मानी।

परियाँ घूमती हुई बीच जंगल में पहुँच गईं। वहाँ सबने देखा—एक मुनि तपस्या में बैठे थे। उन्हें देखकर गुलाब परी के मन में शरारत सूझी। उसने पास ही पड़ा घास का तिनका उठाया और मुनि के कान में गुदगुदी करने लगी। मुनि की तपस्या भंग हो गई। मुनि ने आँखें खोलीं और गुस्से से परी को देखने लगे। मुनि समझ गए कि परी बड़ी शैतान है, सबको तंग करती है। मुनि चाहते तो अपने शाप से परी को भस्म कर सकते थे; लेकिन वह बड़े दयालु थे। उन्होंने गुलाब परी से कहा, ''बेटी, घबराओ मत। हम तुम्हें कोई शाप नहीं देंगे, बल्कि एक ऐसा वरदान देंगे, जिससे तुम्हें खुशी होगी।''

गुलाब परी ने पूछा, ''मुनिवर, आप मुझे वरदान देंगे?''

मुनि ने हँसते हुए कहा, ''आज से तुम जिस किसी भी पशु-पक्षी का रूप धारण करना चाहोगी, तुम्हें तुरंत वही रूप मिल जाएगा; लेकिन एक बात ध्यान रखना, तुम्हें उस रूप में कम-से-कम तीन दिन रहना पड़ेगा।''

यह सुनकर गुलाब परी ने सोचा—मुनि ने तो मुझे अच्छा वरदान दिया है। अब मैं रोज-रोज नए रूप धारण करूँगी।

वह सहेलियों के साथ घर आ गई। उसने अपनी माँ को मुनि के वरदान की बात बताई। माँ ने उसकी बात को मजाक समझकर भुला दिया।

एक दिन गुलाब परी बगीचे में खेल रही थी, तो उसे एक सुनहरी चिड़िया दिखाई दी।

उसने सोचा— काश, मैं भी इतनी सुंदर चिड़िया होती तो कितना अच्छा होता! उसका सोचना था कि वह झट से चिड़िया बनकर पेड़ पर जा बैठी। उस पेड़ के नीचे बहुत देर से एक बहेलिया पक्षियों को पकड़ने के लिए बैठा था। बहेलिये की नजर सुनहरी चिड़िया पर पड़ी। उसने चिड़िया को जाल में कैद कर लिया। चिड़िया खूब छटपटाई, पर निकल न सकी।

बहेलिये ने चिड़िया को एक धनवान् के हाथों बेच दिया। धनवान् सुनहरी चिड़िया को लेकर घर आया। सुनहरी चिड़िया को देखकर बच्चे बहुत खुश हुए। वे पिंजरे के पास जमा होकर चिड़िया को तंग करने लगे। कोई उसकी पूँछ खींचता, कोई उसे नोचता। जैसे-तैसे गुलाब परी ने सुनहरी चिड़िया के रूप में तीन दिन निकाले और फिर मौका देखकर उड़ गई।

वह जंगल में पहुँची। वहाँ तरह-तरह के फल लगे थे। फलों को देखकर उसके मन में आया—काश, मैं बंदर होती तो पेड़ों पर चढ़कर ढेर सारे फल खाती! उसका यह सोचना था कि वह झट बंदर में बदल गई।

बंदर बनी गुलाब परी पेड़ पर चढ़ गई। उसने खूब फल खाए। शाम हो गई। वह थकी हुई थी, पेड़ पर ही सो गई।

सुबह उसकी आँखें खुलीं तो उसने खुद को एक मकान में पाया। वह सोचने लगी—मैं तो जंगल में सो रही थी। यहाँ कैसे आ गई? हुआ यह था कि कोई मदारी बंदर को पकड़कर घर ले आया था। तभी मदारी वहाँ आ पहुँचा। उसने बंदर को उठाया और खेल दिखाने के लिए तैयार करने लगा। मदारी ने बंदर को तीन दिनों तक भूखा रखा। उसे खेल दिखाने के लिए मारा भी।

जैसे ही तीन दिन हुए, बंदर बनी परी अपने असली रूप में आकर वहाँ से भाग निकली। वह दूर जंगल के बीच जा पहुँची। वहाँ उसने देखा, एक कद्दावर शेर हिरन का भोजन कर रहा था। परी ने सोचा—शेर का जीवन कितने आराम का है। जानवर और मनुष्य भी उससे डरते हैं। काश, मैं भी शेर होती तो सब मुझसे डरते! परी ने जैसे ही यह सोचा, वह शेर बन गई। शेर बनकर उसे कमजोर जानवरों को डराने में बड़ा मजा आया। दिन भर वह सारे जंगल में दहाड़ती रही।

रात में शेर गुफा में सो रहा था। अचानक सर्कसवालों ने उसे कैद कर लिया और अपने साथ ले गए। वे उसे तरह-तरह के कमाल दिखाने के लिए यातनाएँ देने लगे। शेर बनी गुलाब परी उन भयंकर यातनाओं से तंग आ गई। वह सोचने लगी—मैं भी तो हमेशा इन मूक पशु-पक्षियों को तंग करती थी। लगता है कि मुनि ने मुझे वरदान नहीं, बल्कि शाप दिया है।

सर्कस में तीन दिन रहने के बाद वह अपने असली रूप में आ गई। फिर वह मुनि के पास जंगल में पहुँची। मुनि के पैरों पर गिरकर उनसे क्षमा माँगने लगी। मुनि ने उसे प्यार से उठाकर कहा, "गुलाब परी, पशु-पक्षियों को तंग करने से उनको तकलीफ होती है। पशु-पक्षी जंगल की शोभा भी बढ़ाते हैं। उन्हें परेशान नहीं करना चाहिए।"

गुलाब परी ने मुनि से वरदान वापस लेने की प्रार्थना की। मुनि ने परी को क्षमा कर उसे आशीर्वाद देकर विदा किया। परी उड़कर अपने लोक पहुँची। उसका बदला स्वभाव देखकर परीलोक में सब खुश हो गए।

तितली की खुशी

—क्षमा शर्मा

तितली के परों पर कितने सारे रंग थे—पीला, काला, लाल। वह एक अमलताश के पेड़ के ऊपर मँडरा रही थी। कभी इधर जाती, कभी उधर। कभी पेड़ों के पत्तों में छिप जाती तो कभी डाल पर बैठती। अचानक एक कार वहाँ से तेजी से गुजरी। तितली को न जाने क्या सूझा कि अमलताश की फली पर झूला झूलना छोड़कर वह कार के पीछे दौड़ी; लेकिन तितली को क्या पता कि उसे उड़ने में भारी मशक्कत करनी पड़ रही थी। तितली थोड़ी देर तक तो कार के पीछे दौड़ी, मगर फिर हाँफने लगी। थककर वहीं लगे नीम के पेड़ पर बैठ गई। उसकी समझ में नहीं आ रहा था कि सड़क पर चलते हुए कार की तरह तेजी से कोई कैसे उड़ सकता है।

जब तितली की थकान उतरी तो वह फिर उड़ चली। नीम के कड़वेपन से दूर अपने घर अमलताश की तरफ वापस आई। दोपहर हो गई थी। तितली का भी सोने का समय हो चुका था। तभी उसने बहुत से बच्चों को एक से कपड़े पहनकर लौटते देखा। वे सब पढ़कर लौट रहे थे। वे बच्चे ऊँघती हुई तितली की आँखों से जल्दी ही ओझल हो गए।

तभी तितली को ऊँ-ऊँ की आवाज सुनाई दी। उसने इधर-उधर देखा। एक छोटा सा बच्चा अपने कंधे पर भारी-भरकम बस्ता लटकाए रोता, आँखें मलता हुआ वापस आ रहा था। तितली की समझ में नहीं आया कि बच्चा क्यों रो रहा था? क्या इसलिए कि वह दूसरे बच्चों से पीछे छूट गया था, या इसलिए कि उसके कंधे पर लटका बस्ता इतना भारी था कि उससे उठाए नहीं उठ रहा था? तितली का मन किया कि वह जाकर बच्चे से पूछे कि बेटे, क्यों रो रहे हो?

लेकिन वह जो बोलती, क्या बच्चा उसे समझ लेता? नहीं, तब फिर क्या करे तितली? उस रोते बच्चे को कैसे चुप कराए? अचानक उसे एक उपाय सूझा। वह पेड़ की डाल से नीचे उतरकर बच्चे के सिर पर मँडराने लगी। फर-फर उसके कान के पास उड़ने लगी। बच्चे ने रोती अधमुँदी आँखों से देखा। फिर उसकी आँखें पूरी तरह खुल गईं। उसके मुँह से ऊँ-ऊँ की आवाज निकलनी बंद हो गई। वह इतने सुंदर पंखों वाली तितली को इतने पास उड़ते देख हँसने लगा। उसके मोतियों-से सुंदर दाँत चमकने लगे। बच्चे को हँसते देख तितली बहुत खुश हुई। अब वह बच्चे के सामने ही उड़ने लगी। बच्चा उसे पकड़ने के लिए हाथ बढ़ाता तो वह कुछ और ऊँची उड़ जाती, जैसे कह रही हो, 'अब मुझे पकड़कर दिखाओ बच्चू!' बच्चा ऊँचा कूदने की सोचता, मगर कंधे

पर लटका भारी बस्ता उसे ऐसा नहीं करने देता।

अचानक बच्चे को लगा कि यह भारी बस्ता ही उसकी सारी मुसीबतों की जड़ है। वह उसे तितली के साथ नहीं दौड़ने दे रहा है। बस, उसने बस्ते को एक ओर जमीन पर पटका। अब वह आजाद था। अब वह था और तितली थी।

तितली उसे एक पार्क में ले गई। वह फूलों पर बैठी, बच्चे ने उसे देखा। वह उसके पास पहुँचा तो वह उड़कर फव्वारे पर बैठ गई। वहाँ ढेर सारे फूल खिले थे। कोई और दिन होता तो बच्चा कई गुलाब, मोतिया वगैरह तोड़कर अपने बस्ते में छिपा लेता; मगर आज तो उसे तितली पकड़नी थी, उसे छूना था, उसके साथ खेलना था।

इस तरह तितली कभी आगे उड़ती तो कभी पीछे, कभी छिप जाती। बच्चा व्याकुल हो उसे ढूँढ़ता। फिर वह छिपने की जगह से वापस निकल आती। तितली उड़ती रही। बच्चा उसके पीछे दौड़ता रहा और बच्चे को उसकी माँ दिखी। माँ के माथे पर चिंता की लकीरें खिंची थीं। इतनी देर हो गई। स्कूल कब का बंद हो गया। सारे बच्चे अपने-अपने घर लौट गए। माँ ने भी बच्चे को देख लिया। लेकिन बच्चे को होश कहाँ? वह तो तितली के पीछे भाग रहा था।

माँ ने पास आकर बच्चे को झिंझोड़ा। कहा, ''छुट्टन, छुट्टन! तू कहाँ? तेरा बस्ता कहाँ है?''

बच्चे ने तितली की तरफ इशारा किया, ''माँ, वो तितली।''

अब तितली एक पेड़ की पत्तियों के बीच छिप गई थी।

''छुट्टन, तेरा बस्ता कहाँ है?'' माँ ने पूछा।

''बस्ता! अरे हाँ, वह तो रास्ते में...'' छुट्टन ने याद करते हुए कहा।

''तुम तितली के पीछे अपना बस्ता भी फेंक आए। चलकर बता, कहाँ छोड़ आया है!'' कहती हुई माँ बच्चे को साथ लेकर चल दी। बच्चा भी पीछे मुड़कर तितली को देख रहा था। पता नहीं वह कहाँ गई?

तितली खुश थी। उसने रोते बच्चे को चुप करा दिया था और वह अपनी माँ के साथ था। तितली फिर से पत्तियों के बीच छिपकर सोने की तैयारी करने लगी।

पत्र-मित्र

—गफूर 'स्नेही'

रेहान था तो शरमीला लड़का, मगर पढ़ने में तेज था। उसे पत्र-पत्रिकाओं में कविता, कहानी आदि पढ़ने का बड़ा शौक था। खासकर उसमें छपनेवाले पत्र-मित्र स्तंभ से वह पते नोट करके पत्र-मैत्री स्थापित करता था। वह मैत्री स्थापित करके अपने शहर की जानकारी देता, कभी उनसे मँगवाया करता।

घर के सदस्य उसे फिजूल का शौक पालने से मना करते। वह अपने शौक के बारे में तर्क देकर सबको चुप कर देता, ''मैं हमेशा 25 पैसे का पोस्टकार्ड भेजता हूँ। दूसरे लोग मीठी सुपारी पाउच खाते हैं, मैं नहीं खाता। दूसरों के दाँत खराब होते हैं। मेरे न दाँत खराब होते हैं, न जबान, न मन। मैं दूसरों से तारीफ बटोरता हूँ। मेरा शौक डाँट नहीं खिलवाता।''

रेहान के चाचाजी की नौकरी एक अनजाने शहर में लगी। चाचा ज्वॉइन करने गए। कह गए थे कि जाते ही पत्र दूँगा। उसी में घर का पता दूँगा, मगर ऐसा न हुआ। दादा-दादी उठते-बैठते 'चाचा' की चिंता करते। सारे घर में मायूसी और चिंता का आलम था।

ऐसे में रेहान ने एक तरकीब ढूँढ़ निकाली। जिस शहर में चाचाजी नौकरी ज्वॉइन करने गए थे, वहीं उसका एक पत्र-मित्र रहता था। रेहान ने अपने कलेक्शन में से मित्र के पत्रों को ढूँढ़ा। उन्हीं पत्रों में से एक उस मित्र का था। उसमें से फोन नंबर नोट किया। फोन नंबर लेकर एस.टी.डी. बूथ पर गया। वहाँ से फोन लगाया। दो-तीन बार की कोशिशों के बाद फोन लग गया। फोन पर मित्र नहीं था। वह ट्यूशन पढ़ने गया था। उसके पिता ने उसे पहचान लिया। मित्र अपने पिता को पत्र-मित्रता के पत्र दिखाया करता था। उधर से मित्र के पिता यानी अंकल ने पूछा,

''कैसे हो बेटा, क्या बात है ? आज फोन किया, वरना पत्र ही आया करते थे। खैर—फोन किया, यह अच्छा किया।''

जवाब में वह बोला, ''अंकलजी, खास बात ही है। बात यह है कि आपके शहर के एक बैंक में मेरे चाचाजी अभी हाल ही में नियुक्त हुए हैं। वे दो-तीन दिनों के बाद भी अपनी खबर नहीं दे पाए। क्या बात है ? आपका ध्यान आया तो फोन कर लिया। घर-परिवार में सब चिंता में हैं। आपसे प्रार्थना है कि कृपया तलाश करके खबर दें।''

उधर से आवाज आई, ''प्रार्थना कैसी, यह तो हमारा फर्ज है। नाम-पता नोट करा दो। तुम अपने दोस्त से ही सारा माजरा शाम को सुन लेना।''

रेहान ने नाम, पता, कार्यालय, पद आदि बताया। फिर थैंक्यू-नमस्कार करने के बाद फोन बंद कर दिया।

इतना करके मम्मी-पापा को उसने बताया, ''आप मेरे शौक को फिजूलखर्ची कहते थे। आज मैंने अपने पत्र-मित्र से, जो उसी शहर में रहता है, कहा कि वह मुझे चाचाजी की खबर दे। वह शाम को उनके बारे में सारे समाचार दे देंगे। बोलो, अब भी क्या मेरा शौक बेकार है ?''

यह बात दादा-दादी ने सुनी। वे बोल पड़े, ''बिलकुल नहीं! मान गए, तुम्हारा शौक एक अच्छा शौक है।''

मम्मी-पापा बेटे के कारनामे पर खुश थे। शाम को फोन आया। फोन रेहान के मित्र ने किया था। रेहान से उसने अपने-उसके बारे में बात की। चाचा के बारे में उसके पिता बात करेंगे। रेहान ने अपने पापा को फोन दे दिया। पापा ने बात की।

फिर फोन रखकर पापा ने सबको बताया, ''रेहान के अंकल ने सर्विस ज्वॉइन कर ली है। कुछ तबीयत बिगड़ गई थी। रेहान के पत्र-मित्र के परिवारवाले उन्हें अपने घर ले आए हैं। कहते हैं, यह परिवार भी रेहान का है। जब तक स्वस्थ न हो जाएँ, तब तक यहीं रहेंगे। वे चाहते हैं कि जब तक नौकरी करें, उनके घर रहकर ही करें।''

यह सुनकर सब प्रसन्न हो गए। सबकी प्रसन्न निगाहें रेहान पर टिकी थीं। खूब था रेहान और रेहान का पत्र-मित्रता का शौक।

सियार की सीख

—गोपालदास नागर

एक ब्राह्मण था। वह बहुत ही गरीब था। अपने और अपने परिवार के लिए जैसे-तैसे एक समय का भोजन जुटा पाता था। उसके परिवार में पति-पत्नी के अलावा चार बच्चे भी थे। ब्राह्मण कथा कहता और जो कुछ मिल जाता था, उसी में संतोष कर लेता था, लेकिन फिर भी पूरा नहीं हो पाता था। कपड़ों का जुगाड़ करता तो राशन रह जाता और राशन जुटाता तो कपड़े रह जाते। बच्चों को घी-दूध तो किसी दिन नसीब ही नहीं हो पाता था। वे तरस जाते थे। रुखा-सूखा खाकर पानी पी लेते थे।

जब कभी दुःख सहन न होता तो वह ब्राह्मण भगवान् से प्रार्थना करता, ''हे ईश्वर! इस तरह दुःख देने से अच्छा तो यही है कि मुझे मौत दे दो।'' लेकिन मौत माँगने से थोड़े ही मिलती है। भूख और दुःख से वह इतना पीड़ित था कि अंत में एक दिन उसने आत्महत्या करने का विचार किया।

वह गरीब ब्राह्मण एकांत में एक कुएँ के पास जा पहुँचा। कुएँ में कूदने का विचार उसने किया, लेकिन हिम्मत नहीं हो रही थी। कुएँ के किनारे चुपचाप उदास सा बैठा वह सोचता रहा कि क्या करे?

उस कुएँ में एक मेढक रहता था, जो बहुत चालाक था। उसने उस गरीब ब्राह्मण को देखा। ब्राह्मण को देखकर उसे लगा कि यह कोई दुःखी आदमी है। वह कुएँ से बाहर आया और ब्राह्मण से बोला, ''अरे भाई, इस तरह तुम चुपचाप और उदास क्यों बैठे हो? तुम्हें क्या दुःख है?''

ब्राह्मण बोला, ''अरे भाई, अपने दुःख की कथा क्या सुनाऊँ! मैं बहुत ही दुःखी हूँ और

इस कुएँ में कूदकर मर जाने के विचार से यहाँ आया हूँ; लेकिन कूदने की हिम्मत नहीं होती।''

और उस गरीब ब्राह्मण ने अपने दुःख की सारी बातें विस्तार से उसे बता दीं। मेढक बोला, ''भले आदमी, भगवान् ने सारे प्राणियों में मनुष्य को सबसे श्रेष्ठ बनाया है। उसने मनुष्य को अक्ल भी दी है सोचने-समझने की। उस अक्ल का उपयोग करो और मरने का विचार छोड़ दो। भगवान् ने हमें मनुष्यों जैसी अक्ल दी होती तो हम न जाने क्या-क्या कर बैठते। हम ठहरे बेजुबान प्राणी, लेकिन हम अपने बाल-बच्चों को सँभालते हैं और उनका पालन-पोषण भी करते हैं। जाओ, घर लौट जाओ।''

ब्राह्मण के मन में बात बैठ गई और वह वापस घर लौट गया। उसने मेहनत और

ईमानदारी से काम करना शुरू किया। फिर भी अपना भाग्य बदल नहीं सका। वैसी ही हालत और वैसे ही दुःख भरे दिन। ब्राह्मण फिर से दुःखी और परेशान रहने लगा। इस बार तो उसने पक्की तरह तय कर लिया था। गले में फाँसी लगाकर वह आत्महत्या करने के लिए घर से रस्सी लेकर एक एकांत जगह में पेड़ के पास पहुँचा।

दिन में तो कोई देख लेता, इसलिए रात के समय वह घर से बाहर निकला। कोई न देख पाए, ऐसे एकांत स्थान पर एक पेड़ से फाँसी लगाने का वह प्रबंध करने लगा। तभी वहाँ से एक सियार गुजरा।

सियार ने देखा, एक आदमी अपने गले में रस्सी बाँधकर मरने की तैयारी कर रहा है। शायद बहुत दुःखी होगा। दुःख सहन नहीं होता होगा, इसलिए आत्महत्या करने आया है।

सियार उस ब्राह्मण के पास पहुँचा और बोला, ''अरे भाई, तुम कौन हो और यह क्या कर रहे हो ?''

ब्राह्मण बोला, ''भाई, मैं बहुत दुःखी आदमी हूँ। दुःख से घबराकर यहाँ आत्महत्या करने आया हूँ। मर जाऊँगा तो दुःख से छूट जाऊँगा।'' यह कहकर ब्राह्मण ने अपनी दुःखद कहानी उसे सुना दी।

सियार जोर से हँस पड़ा और उस ब्राह्मण से बोला, ''भले आदमी, भगवान् ने तुम मनुष्यों को दो हाथ भेंट में दिए हैं। किसी और प्राणी को भगवान् ने हाथ नहीं दिए हैं। यदि भगवान् ने हमें हाथ दिए होते तो हम क्या नहीं कर पाते! हमारे पास हाथ नहीं हैं, फिर भी हम कभी मरने का विचार मन में नहीं लाते। तुम्हें भगवान् ने हाथ दिए हैं, उनका उपयोग करके जो चाहो, सो पा सकते हो; जो चाहो, वह काम कर सकते हो। भगवान् द्वारा दी गई इस श्रेष्ठ ताकत का उपयोग आदमी नहीं करता, तभी वह दुःखी होता है। हाथ का उपयोग करो तो तुम्हारा दुःख दूर भाग जाएगा।''

''पर भाई, क्या उपयोग करूँ ?''

''बस, हाथ से काम करो, काम करो। तुम्हें जो अच्छा लगे, वह काम करो।''

''मुझे कोई काम नहीं आता। तुम्हीं बताओ कि क्या काम करूँ ?''

''जाओ, घर वापस जाओ। मर जाओगे तो तुम्हारी पत्नी-बच्चे परेशान होंगे और अधिक दुःखी होंगे। देखो, मैं काम बताता हूँ, वह करो। उससे तुम्हारा दुःख दूर भाग जाएगा।'' सियार ने कहा।

''अरे भाई, बताओ तो सही। मेरा दुःख मिट जाए, दूर हो जाए—ऐसा काम मैं जरूर करूँगा।''

सियार बोला, ''एक कुल्हाड़ी लाओ। पास के जंगल में जाओ और लकड़ियाँ काट लाओ। हाँ, लकड़ियाँ सूखी हों। उन्हें बाजार में ले जाकर बेचो। समझे!''

ब्राह्मण इस बार भी घर लौट आया। घर में किसी को पता नहीं था कि वह कहाँ गया था

या क्या करना चाहता था।

दूसरे दिन उसने एक कुल्हाड़ी ली और जंगल में गया। पहले दिन लकड़ियाँ काटने में उसके हाथों में दर्द होने लगा। फिर भी लकड़ियों का गट्ठर उठाकर वह ऐसी जगह पहुँचा, जहाँ उसे कोई जानता न था। उसने लकड़ियाँ बेच दीं और जो पैसे मिले उनसे आटा, दाल, चावल खरीदकर घर पहुँचा।

इस तरह ब्राह्मण हर रोज लकड़ियाँ काटकर बेचने लगा। धीरे-धीरे उसे इस काम की आदत पड़ गई। अब उसके हाथ नहीं दुखते थे, वह थकता नहीं था।

एक बार वह लकड़ियाँ काट रहा था, तब उसे उस पेड़ से सुंदर खुशबू निकलती अनुभव हुई।

लकड़ियों का गट्ठर बनाकर वह शहर में बेचने गया।

एक व्यक्ति ने उससे पूछा, "ये लकड़ियाँ बेचोगे?"

"हाँ, बेचने के लिए लाया हूँ।"

"क्या लोगे?"

"आप क्या देंगे?"

ब्राह्मण ने बोझ नीचे उतारा। उस आदमी ने लकड़ियाँ देखीं। बोला, "सबके सौ रुपए दूँगा।"

सौ रुपए सुनते ही ब्राह्मण चौंक उठा। सोचने लगा कि दस-पंद्रह रुपयों की लकड़ियों के लिए यह सौ रुपए दे रहा है तो निश्चय ही यह लकड़ी कीमती होगी। इसमें से खुशबू भी तो निकल रही है। उसने कहा, "नहीं, सौ रुपए तो बहुत कम हैं।"

मोल-भाव करते हुए पाँच सौ रुपए में सौदा तय हुआ।

आज तो ब्राह्मण बहुत खुश था। दूसरे दिन उतनी ही लकड़ियों के उसे छह सौ रुपए मिले। इस तरह प्रति दिन पाँच-छह सौ रुपयों की लकड़ियाँ बिकने लगीं।

वे लकड़ियाँ चंदन की थीं। वह वृक्ष चंदन का था। चंदन की लकड़ियाँ बेच-बेचकर कुछ ही दिनों में उसने काफी रुपए जमा कर लिये। वह समझ गया कि चंदन की ये लकड़ियाँ कीमती हैं। लोग उससे ये लकड़ियाँ लेकर काफी धन कमाते हैं। वह स्वयं भी क्यों न इसका व्यापार करे।

उसने एक छोटी दुकान लेकर चंदन का व्यापार शुरू किया। फिर तो उसके इस व्यापार में उसके लड़के भी सहायता करने लगे।

उसकी दरिद्रता भाग गई। उसके पास पैसों की कमी नहीं रही। किसी बात का दुःख नहीं रहा।

उसे उस सियार की सीख याद आ गई।

भूल के लिए

—चक्रधर 'नलिन'

रमेश कलेक्टरी कचहरी में बड़े बाबू थे। परिवार में उनकी पत्नी निर्मला, आठ साल का बेटा और दस साल की लड़की थीं। लड़के का नाम प्रीतम तथा लड़की का सावनी था। निर्मला अपने पुत्र और पुत्री की देखभाल बड़ी सावधानी से करती थीं। उन्हें अनुशासन बेहद प्रिय था। रमेश आठ बजे बड़े साहब की कोठी पर सुबह-सुबह फाइलें लेकर चले जाते और रात को नौ-दस बजे घर लौटते थे। जब तक वह घर पर रहते, धड़ाधड़ सिगरेट पर सिगरेट फूँका करते थे। बड़े बाबू को पैसे की क्या कमी थी। अदालत के पेशकार, अहलमद उनकी सेवा में कभी पीछे न रहते। तहसील के नायब तथा तहसीलदार भी उनको खुश रखने में कोई कमी नहीं रखते। बड़े बाबू खुश तो बड़े साहब भी खुश थे।

रमेश जब घर से सुबह निकलता तो बच्चे पढ़ते-लिखते रहते, किंतु जब वह रात में लौटते तो घर में सभी सोए मिलते। अधिक सिगरेट पीने से उनके होंठ काले पड़ गए थे। वह खाँसते रहते तथा बलगम निकालते रहते। उनके बारहमासी नजले के कारण रात में कभी-कभी बच्चे भी जाग जाते; पर उनकी जलती सिगरेट के डर से वे दुबक जाया करते। प्रीतम जलती सिगरेट के कश को चुपचाप बिस्तर से निहारा करता। निर्मला बेचारी सिगरेट की गंध को नापसंद करती, पर करती तो क्या करती। इस उम्र में वह जाए तो कहाँ जाए।

"निर्मला, देखो, कल रात में मैंने सिगरेट की एक डिब्बी अलमारी में रख दी थी। उसे कार्यालय तो नहीं ले गया था, पर अभी देखा तो उसमें से आधी सिगरेट गायब हैं। कौन इसे पी गया?" रमेश बड़बड़ाए। उनके चिल्लाने से मुँह से कुछ बलगम तथा खून की उलटियाँ होने लगीं।

किसी तरह 'राम-राम' करते-करते रात कटी। सुबह डॉक्टर को दिखाया गया तो डॉक्टर निर्मला को एक तरफ ले गया और किसी बड़े अस्पताल में जाँच कराने को कहा। डॉक्टर को मुँह के कैंसर (जानलेवा बीमारी) का संदेह था।

"माँ-माँ! देखो, प्रीतम मुँह से धुआँ निकाल रहा है। उसके मुँह में पापावाली सिगरेट जल रही है। वह उधर कमरे में है। चलो माँ, देखो।" कहकर आगे-आगे सावनी बढ़ी।

शेरनी की शाविका-सी सावनी और पीछे से घबराई दुःखी माँ एक बेंत लेकर उसे सबक सिखाने के लिए चल पड़ी। निर्मला का मुँह लाल हो गया था। माँ के पैरों की आहट पाकर प्रीतम ने झट दो कश खींचकर जलती सिगरेट खिड़की के बाहर फेंक दी। माँ वहाँ पहुँची तो किताब खोले प्रीतम पढ़ने का ढोंग कर रहा था।

''तू सिगरेट पीता है रे प्रीतम! कहाँ गई तेरी सिगरेट, बोल, बोल?'' कहकर वह विस्मय से सावनी की ओर देखनी लगी।

सावनी चुप।

''कहाँ, कब?'' उसने भोलेपन से उत्तर दिया।

सहसा खिड़कियों से हवा का एक तेज झोंका आ गया। पूरे कमरे में सिगरेट की गंध भर गई। माँ ने इधर-उधर देखा; कुछ न पाया तो वापस लौट गई।

रमेश के कैंसरवाले अगले टेस्ट हुए तो डॉक्टरों ने 'मुँह में कैंसर' बताया। घरवाले बहुत दुःखी हुए। निर्मला इस जानकारी पर बहुत उदास हो गई। डॉक्टरों ने रमेश के सिगरेट पीने पर रोक लगा दी थी।

''माँ, माँ! तुम क्यों रोती हो?'' गले में हाथ डालते हुए प्रीतम उसकी साड़ी के पल्लू से उसकी आँखों के आँसू पोंछने लगा।

''हट जा यहाँ से! तू सिगरेट पीता है और बात छिपाने के लिए अपनी माँ से झूठ बोलता है।'' गुस्से में झिड़कते हुए निर्मला ने कहा।

''माँ, पापा भी तो पीते हैं सिगरेट। अगर बुरा काम है तो पिताजी क्यों करते हैं? मैंने तो यह समझकर सिगरेट पी थी कि यह अच्छा काम है, क्योंकि पापा करते हैं।'' कहकर प्रीतम डरकर एक कोने में खड़ा हो गया।

''तेरी इतनी हिम्मत जो बाप तक जाने लगा! देख, तेरे बाप को क्या हो गया! इसी सिगरेट ने उन्हें मौत के सौदागर कैंसर तक पहुँचा दिया।'' कहकर निर्मला दुःखी हो गई।

''माँ, क्या पिताजी को कैंसर हो गया—इसी सिगरेट के कारण? बड़ी खराब चीज है यह। इसपर जहर लिखा है, माँ।'' कहकर उसने अपनी किताबों का बस्ता पलटा तो उसमें से चार सिगरेटें भी गिरीं। उसने वे सिगरेटें माँ को दे दीं।

''माँ, तुमने मेरी तरह पिताजी को सिगरेट पीने से क्यों नहीं रोका?'' प्रीतम ने पूछा।

''रोकती थी, किंतु वे मेरी नहीं सुनते थे।''

''पिताजी तो काँटे की तरह सूखकर बहुत कमजोर हो गए हैं।'' कहकर प्रीतम विलाप करने लगा।

सावनी आकर माँ के पास बैठ गई। निर्मला ने प्रीतम को शांत कराया।

''माँ, मैं अब जीवन में सिगरेट कभी नहीं पिऊँगा, नहीं तो पापा की तरह मुझे भी कैंसर हो जाएगा और मेरे लिए भी तुम रोओगी।'' कहकर प्रीतम प्रायश्चित्त में कान पकड़कर उठने-बैठने लगा। उसने भूल के लिए माँ से क्षमा माँगी।

''बस, बस।'' माँ ने कहा और रमेश को मुंबई के अस्पताल में इलाज कराने के लिए जाने की तैयारी करने लगी। ■

एक अच्छा सबक

—चित्रेश

एक गाँव था। उसमें रहता था मीतू नाम का एक ग्वाला। उसके पास पाँच दुधारू भैंसें थीं, जिनका दूध और खोया बेचकर वह प्रतिदिन डेढ़-दो सौ रुपए कमा लेता था। घर में वह था, उसकी पत्नी थी और दो बच्चे थे। इस छोटे से परिवार के लिए उसकी आमदनी ज्यादा थी, लेकिन फिर भी वह हर समय पैसे की कमी से परेशान रहता था। इसका सीधा सा कारण था—उसका झक्कीपन और दूसरों की नकल करने की गंदी आदत।

मीतू रहता तो गाँव में था, लेकिन उसके ठाट का क्या कहना! शहर के बड़े लोगों जैसा खर्चीला और निराला था वह। उसके घर के ठीक सामने नीम के कई हरे-भरे पेड़ थे, पर क्या मजाल कि कभी वह नीम की कड़वी दातौन मुँह से लगा लेता। शहरवालों की तरह 'ब्रश' करना उसे पसंद था और अपने साथ-साथ घर के सभी लोगों से भी वह ब्रश का ही इस्तेमाल कराता था।

मीतू की पत्नी मेहनती थी। अपना काम खुद करने में उसे मजा आता था। लेकिन उसके लाख मना करने पर भी मीतू ने घरेलू काम के लिए एक महरी रख ली थी। उसके दोनों लड़के एकदम उसी की तरह निराले थे। घर का दूध-घी उन्हें अच्छा ही नहीं लगता था। बाजार की आइसक्रीम, चाट और मिठाइयाँ उन्हें पसंद थीं।

मीतू हफ्ते में एक दिन काम नहीं करता था। यानी उस रोज वह भैंसों के चारा-पानी, दूध दुहने और शहर जाने से मुक्त होता था। इस साप्ताहिक छुट्टी के दिन वह सुबह उठकर अच्छी तरह नहाता-धोता, अच्छे-अच्छे कपड़े पहनता और बीवी-बच्चों को लेकर शहर निकल जाता। इस दिन उसकी भैंसों की देखभाल उसका पड़ोसी करता था और बदले में दोनों समय का

दूध खुद दुह लेता था।

शहर में मीतू बच्चों को आइसक्रीम और चाट खिलाता। उन्हें घर लाने के लिए मिठाइयाँ खरीदकर देता। सबके लिए नई डिजाइनों के कपड़े खरीदता। पत्नी के लिए क्रीम तथा शैंपू और अपने लिए हेयर क्रीम, इत्र वगैरह खरीदता।

जब कभी पत्नी इस तरह के बेकार खर्चे के लिए मना करती थी तो मीतू कहता, ''तुम हो पूरी देहातन, तुम्हें क्या पता कि बड़े लोगों का रहन-सहन कैसा होता है! तुम्हें अगर कभी इंजीनियर आडवाणी साहब, ठेकेदार सिंह साहब या डॉक्टर महाजन साहब के घर में घुसने का मौका मिले तो वहाँ की चकाचौंध देखकर तुम्हारी आँखें खुली-की-खुली रह जाएँ।''

असल में मीतू सबकुछ बड़े लोगों की नकल करके ही करता था। दूध पहुँचाने के सिलसिले में जब वह किसी के घर में घुसता तो बड़े गौर से उस घर की एक-एक चीज देखता। जब कभी कोई ऐसी चीज निगाह में आ जाती, जो उसके पास न होती तो वह तुरंत दिमाग में बैठा लेता कि इस बार शॉपिंगवाली साप्ताहिक छुट्टी के दिन इसे खरीद लेना है। वह चीज भले ही उसके किसी काम की न होती, लेकिन वह उसे खरीदकर ही दम लेता। ऐसी दूसरों की देखा-देखी खरीदी गई फालतू चीजों का अच्छा-खासा ढेर उसके यहाँ लग गया था।

इन बातों से मीतू की पत्नी दु:खी रहती। वह आएदिन मीतू को समझाती, ''अपनी हैसियत देखकर काम करना चाहिए। दूसरों की नकल करना अच्छी आदत नहीं है।''

पर मीतू था पक्का नकलची। पत्नी की बातें एक कान से सुनकर दूसरे कान से उड़ा देना उसकी आदत सी बन गई थी। जब भी कोई नई चीज देखता, उसको खरीदने की उसे झक सवार हो जाती। किसी के समझाने-बुझाने का भी कोई असर उसपर नहीं पड़ता था।

एक दिन की बात है। मीतू शहर में दूध बेचकर घर आ रहा था। गाँव से गुजरते हुए उसने अपने बचपन के साथी जीतू ठेकेदार के दरवाजे पर एक मोटर साइकिल खड़ी देखी। उसने अपनी साइकिल रोक दी और ध्यान से उसे देखने लगा। नीले रंग की एकदम नई चमकती हुई मोटर साइकिल उसे बड़ी अच्छी लग रही थी।

इसी बीच जीतू ठेकेदार घर से बाहर आया। मीतू को देखकर वह बोला, ''मीतू भाई, राम-राम! क्या हाल-चाल है?''

''राम-राम भाई, हाल-चाल सब ठीक है।'' कहते हुए उसने मोटर साइकिल की तरफ अँगुली दिखाते हुए पूछा, ''यह कब लाए?''

''परसों लाया हूँ।'' जीतू ने बताया।

''चीज अच्छी दिख रही है।'' कहते हुए मीतू घर की ओर चल पड़ा।

उसके गाँव में यह पहली मोटर साइकिल आई थी। उसे देखकर वह भी मोटर साइकिल

खरीदने के लिए मन-ही-मन उतावला हो गया। उसने साइकिल की रफ्तार तेज कर दी और जल्दी से घर पहुँचकर पत्नी से बोला, ''एक खुशखबरी सुनो, मैं जल्दी ही एक मोटर साइकिल खरीदने वाला हूँ।''

''मोटर साइकिल तो कीमती चीज होती है। आखिर इतने रुपए कहाँ से आएँगे?'' पत्नी ने शंकित होकर पूछा।

''तुम रुपए की चिंता मत करो। कहीं-न-कहीं से इंतजाम कर ही लूँगा, भले ही कुछ दिन लग जाएँ। तब तक खुशखबरी पर ही संतोष करो।'' कहते हुए मीतू बालटी लेकर कुएँ पर नहाने चला गया।

मीतू ने अपनी समझ से खुशखबरी सुनाई थी, लेकिन पत्नी उसकी बात से परेशानी में पड़ गई। घर में कुल सात-आठ सौ रुपए थे। इतने में क्या हो सकता था? मीतू अपनी झक पूरी करके ही छोड़ता है, यह उसकी पत्नी को मालूम था। अब मोटर साइकिल के लिए रुपए या तो मकान गिरवी रखकर मिल सकता था या भैंसें बेचकर। दूसरी कोई राह थी ही नहीं।

मीतू अपनी झक पूरी करने के लिए कुछ भी कर सकता था। अभी सात-आठ महीने पहले उसे टेप रिकॉर्डर खरीदने की झक सवार हुई थी। बेचारी पत्नी समझाते-समझाते थक गई थी, लेकिन मीतू ने एक न सुनी। उसने अच्छी-खासी हरियाणवी गाय काफी कम दाम में बेचकर टेप रिकॉर्डर खरीद लिया था।

मोटर साइकिल खरीदने की बात से उसकी पत्नी किसी ऐसे आदमी के बारे में सोच रही थी, जो इस समय मीतू को समझाकर सही रास्ते पर ला सके। काफी सोच-विचार के बाद उसे जीतू ठेकेदार का खयाल आया। वह खुश हो गई। जीतू चालाक आदमी है। अगर अच्छी तरह समझाएगा तो मीतू को अपनी झक छोड़नी ही पड़ेगी। यह सोचते हुए मीतू की पत्नी ने जल्द-से-जल्द जीतू से मिलने का निश्चय कर लिया।

इस बीच मीतू नहाकर लौट आया था और शीशे के सामने खड़ा होकर बाल में कंघी कर रहा था। उसकी पत्नी ने खाना लगा दिया। उसने डटकर भोजन किया और चारपाई पर लेट गया। कुछ देर बाद कमरे में उसके खर्राटे की आवाज गूँजने लगी। उसकी पत्नी जानती थी कि अब वह चार बजे से पहले नहीं जागेगा। जीतू से मिल लेने का यह अच्छा मौका था। वह घर से बाहर आई। उसने धीरे से किवाड़ ओढ़काए और चल पड़ी जीतू के यहाँ।

जीतू घर में ही था। उसने मीतू की पत्नी की बातें बड़े ध्यान से सुनीं। वह यह तो जानता ही था कि मीतू को समझाकर सही रास्ते पर लाना असंभव है। इसलिए सारी बातें सुनने के बाद वह गंभीर हो गया। बोला, ''भाभी, मीतू को समझाना और भैंस के आगे बीन बजाना—दोनों बराबर है। हाँ, अगर तुम चाहो तो इस बार मैं उसे एक ऐसा सबक सिखाऊँ कि हमेशा-हमेशा के

लिए बच्चू का झक्कीपन रफूचक्कर हो जाए।''

''लेकिन ऐसा कैसे हो पाएगा, कुछ मुझे भी तो बताओ?'' मीतू की पत्नी ने उत्सुकता से पूछा।

जीतू ने अगल-बगल देखते हुए धीमी आवाज में मीतू की पत्नी को सबकुछ बता डाला। वह खुशी मन से घर लौट आई और अपने काम-धंधे में लग गई। मीतू को इस बात की जरा सी भी भनक नहीं लग सकी कि उसे सबक सिखाने के लिए कोई योजना तैयार हो चुकी है।

एक-एक दिन करके बीस-पच्चीस दिन बीत गए। मोटर साइकिल खरीदने का विचार मीतू के मन में अब भी जमा था, किंतु रुपए का इंतजाम नहीं हो पा रहा था। इस बात से वह

काफी परेशान भी था। एक दिन वह मुँह लटकाए बैठा था। उसकी पत्नी उसके पास आकर खड़ी हो गई और बोली, ''लगता है, किसी उलझन में हो। कोई खास बात है क्या?''

मीतू ने उदास मन से बताया, ''मोटर साइकिल के लिए रुपए नहीं मिल पा रहे हैं, इसी से परेशान हूँ।''

''इसके लिए इतना परेशान होने की क्या जरूरत है? अपने दोस्त जीतू से मिल लिये होते। वह तुम्हारी परेशानी का कोई-न-कोई हल निकाल देता।'' उसकी पत्नी ने कहा।

मीतू को अपनी पत्नी की यह सलाह अच्छी लगी। वह उसी समय जीतू से मिलने चल पड़ा। जीतू ने उसे बड़े प्रेम से अपने पास बैठाया तथा हाल-चाल और आने का कारण पूछा। मीतू ने बताया, ''भाई जीतू, मैं एक मोटर साइकिल खरीदना चाहता हूँ, पर रुपए का इंतजाम नहीं कर सका हूँ। क्या कहीं से उधार मिल सकता है? धीरे-धीरे अदा कर दूँगा।''

''उधार तो नहीं मिलेगा भाई, लेकिन अगर शौक है तो मेरी मोटर साइकिल ले लो। बदले में अपनी पाँचों भैंसें और दो हजार रुपए नकद दे देना। रुपए अभी न हों तो कोई बात नहीं, दो-चार महीने बाद दे देना।'' जीतू ने अपना सुझाव सामने रख दिया।

मीतू को यह सुझाव पसंद आ गया। उसने अपनी पाँचों भैंसें देकर मोटर साइकिल ले ली। दो हजार रुपए नकद दो महीने बाद देने की बात तय हुई। अब मीतू मोटर साइकिल पर फर्राटे भरने लगा। भैंसों के न रहने से काम कुछ रह नहीं गया था। वह सुबह मोटर साइकिल लेकर निकल जाता और सारे दिन इधर-उधर चक्कर लगाकर रात में घर लौटता।

कुछ दिन तो मौज-मस्ती में गुजरे, लेकिन आगे चलकर पैसों की कमी पड़ने लगी। आमदनी जरूरत भर की भी रह नहीं गई थी। घर में पहले का जो रुपया-पैसा रखा था, वह इधर पेट्रोल और खाने-पीने में खर्च हो गया था। एक-एक पैसे की किल्लत हो गई। पर जल्द ही मीतू ने पैसे का जुगाड़ कर लिया।

उसके घर में दूसरों की देखा-देखी खरीदे गए ढेर सारे फालतू सामान थे। उसने शहर से कबाड़ी बुलाकर उसे बेच डाला। रुपए हाथ में आते ही वह बिना आगा-पीछा सोचे फिर पहले की तरह खर्च करने लगा। परंतु अंधाधुंध खर्च के आगे वे रुपए कितने दिन चलते। महीना बीतते-बीतते सारे पैसे खत्म हो गए।

मीतू ने कई लोगों से उधार लेने की कोशिश की, लेकिन किसी ने नहीं दिया। उसने कभी सोना-चाँदी खरीदा नहीं था, जिसे बेचकर पैसा पा सकता। पैसों की ऐसी विकट समस्या उसके जीवन में पहली बार आई थी। वह परेशानी में डूबा अपने दरवाजे पर बैठा था। इसी समय जीतू ने अपने दो हजार रुपयों का तकाजा उसके पास भेजा। उसकी परेशानी और बढ़ गई। घर में भोजन का ठिकाना नहीं था। वेतन न पाने के कारण दो दिन पहले महरी काम छोड़कर चली गई थी।

ऐसी तबाही में वह जीतू का बकाया कहाँ से अदा करता? वह जीतू के पास पहुँचा और अपनी सारी परेशानी बताकर उसने उससे थोड़े दिनों की मोहलत माँगी।

जीतू भला मोहल्लत क्यों देने लगा! उसे तो ऐसे ही मौके की तलाश थी। उसने तुरंत कहा, ''भाई, मुझे रुपयों की सख्त जरूरत है। किसी से उधार लेकर ही दे दो।''

''भाई, पिछले दिनों उधार पाने की बहुतेरी कोशिश मैंने की, लेकिन किसी ने नहीं दिया। तुम किसी से दिला सको तो मैं तैयार हूँ।'' मीतू ने जवाब दिया।

''ठीक है, कल सुबह आ जाना। मैं गाँव के महाजनों से तुम्हारे लिए उधार की बात करके रहूँगा।''

मीतू अपने घर चला गया और जीतू उसी समय गाँव के सेठ मंगतराम के यहाँ पहुँचा। दुआ-सलाम के बाद दोनों कुछ देर गुपचुप बातचीत करते रहे। थोड़ी देर बाद जीतू घर लौट आया।

अगले दिन सवेरे मीतू के आने पर उसने बताया, ''भाई, कल मैंने तुम्हारे लिए कई जगह बात चलाई। बड़ी मुश्किल से सेठ मंगतराम को राजी कर सका हूँ। वह तुम्हें एक शर्त पर चार हजार रुपए दे सकता है।''

''शर्त क्या है?'' मीतू ने उत्सुक होकर पूछा।

''तुम्हारी मोटर साइकिल गिरवी रखकर वह तुम्हें रुपए देगा। जब तुम रुपए अदा कर दोगे तो मोटर साइकिल तुम्हें वापस मिल जाएगी।'' जीतू ने बताया।

मोटर साइकिल गिरवी रखने की बात सुनकर मीतू सोच में पड़ गया।

उसे चुप देखकर जीतू ने कहा, ''मेरी समझ से शर्त तुमको मान लेनी चाहिए। तुम्हें भी रुपयों की जरूरत है। सेठ से चार हजार मिलेंगे। मेरा हिसाब साफ करके भी तुम्हारे पास जरूरत भर के रुपए बच जाएँगे।''

'मरता क्या न करता' वाली दशा मीतू की थी। अंततः उसे शर्त मान लेनी पड़ी। मोटर साइकिल गिरवी रखकर सेठ ने चार हजार रुपए गिन दिए। जीतू का पैसा देकर बाकी रुपयों से वह अपना काम चलाने लगा। धीरे-धीरे दो महीने बीत गए। काफी किफायत से खर्च करने के बावजूद मीतू का हाथ फिर पैसों से खाली हो गया।

सवेरे का समय था। चमकीली धूप खिली थी। मीतू अपने दरवाजे पर चारपाई डाले चुपचाप बैठा था। अब वह एक-एक पैसे का मुहताज हो गया था। आज उसे पहली बार महसूस हो रहा था कि दूसरों की नकल करके उसने अपना बहुत बड़ा नुकसान कर लिया है। अगर लोगों के समझाने-बुझाने पर उसने ध्यान दिया होता तो आज की तरह कंगाल न होता।

मीतू सिर पर हाथ रखे अपने पिछले दिनों की याद में खोया था। इसी समय सेठ मंगतराम

का आदमी ब्याज का तकाजा लेकर आ धमका। मीतू झल्ला गया। न रहेगा बाँस, न बजेगी बाँसुरी—सोचते हुए वह सेठ मंगतराम के यहाँ पहुँचकर बोला, ''सेठजी, आप मोटर साइकिल बेचकर अपना हिसाब साफ कर लें। मुझे अब इसकी जरूरत नहीं है।''

सेठ मंगतराम ने जल्दी-से-जल्दी मोटर साइकिल का ग्राहक लगा देने का वादा करके उसे वापस घर भेज दिया।

कुछ दिन बाद सेठ का एक नौकर मीतू के पास आकर बोला, ''मीतू भाई, तुम्हें सेठजी याद कर रहे हैं।''

सेठ के यहाँ मीतू पहुँचा। सेठ के पास ही जीतू भी बैठा था। दोनों आपस में कुछ बातचीत कर रहे थे। मीतू उन दोनों के पास बैठते हुए बोला, ''सेठजी, आपने मुझे क्यों बुलवाया है?''

सेठ कुछ कहता, इससे पहले ही जीतू ने पूछा, ''सुन रहा हूँ, तुम अपनी मोटर साइकिल बेच रहे हो।''

''हाँ।'' मीतू ने भारी मन से कहा।

''पर भाई, अभी तो मोटर साइकिल लिये पूरा एक साल भी नहीं हुआ। इतनी जल्दी ऊब गए?'' हैरानी का अभिनय करते हुए जीतू ने पूछा।

मोटर साइकिल खरीदने के बाद से अब तक परेशानी भुगतते मीतू के होश ठिकाने लग चुके थे। मोटर साइकिल के नाम से ही उसे घृणा हो गई थी। उसने बताया, ''जीतू भाई, अब तक मैं सबकुछ दूसरों की नकल करके ही करता रहा। कभी मैंने ध्यान ही नहीं दिया कि दूसरों की हैसियत और मेरी हैसियत में फर्क है, इसलिए मुझे ऐसा नहीं करना चाहिए था। यही कारण था कि अच्छी कमाई के बाद भी मैं परेशान रहता था। मैंने तुम्हारी तरह मोटर साइकिल भी नकल करने की अपनी आदत से मजबूर होकर ली थी, जो मुझे हमेशा के लिए कंगाल बना गई।''

''आगे क्या इरादा है, नकल की आदत छोड़ दोगे?'' जीतू ने पूछा।

मीतू ने फौरन कहा, ''भाई, अब मुझे समझ आ गई है। भविष्य में अपनी हैसियत से बढ़कर कुछ करने का सपना भी नहीं देखूँगा।''

इस बीच मीतू की पत्नी भी सेठ के यहाँ आ गई थी।

उसे देखकर जीतू ने कहा, ''देखा भाभी, मैंने कहा था न कि इस बार मैं मीतू को ऐसा सबक सिखाऊँगा कि बच्चू का सारा झक्कीपन हमेशा के लिए रफूचक्कर हो जाएगा। ठीक ऐसा ही हुआ। अब यह अपनी गलती समझ गया है। जीवन में दोबारा गलती करने की हिम्मत नहीं करेगा।''

ये बातें मीतू की समझ में नहीं आईं। वह बारी-बारी से जीतू और अपनी पत्नी का मुँह ताकने लगा। उसे परेशान देखकर जीतू ने मुसकराते हुए बताया, ''भाई मीतू, असल में तुम्हें सबक

सिखाने के लिए मैंने भाभीजी से सलाह करके एक योजना बनाई थी। तुम आज भी कंगाल नहीं हुए हो। मेरी पशुशाला से अपनी भैंसें हाँक ले जाओ और भले आदमियों की तरह कमाओ-खाओ। सेठ से जो पैसा लेकर तुमने खर्च किया है, उसे धीरे-धीरे चुका देना।''

मीतू को लगा जैसे वह सपना देख रहा हो; पर यह असलियत थी। अपनी भैंसें पाकर वह बड़ा प्रसन्न हुआ। उसने नकल करने की गंदी आदत छोड़ दी और सुख से रहने लगा।

दीप जले, शंख बजे

—जयप्रकाश भारती

समंदर के किनारे एक बस्ती थी। उसी में गुड़िया जैसी एक लड़की का जन्म हुआ। गोल-मटोल मुँह, बड़ी-बड़ी नीली आँखें, सुनहरे बाल, तीखे नाक-नक्श। पड़ोस में कई औरतें कहतीं, ''यह लड़की नहीं, परी है, परी।''

माता-पिता ने उसका नाम रख दिया—वेल्दी। धीरे-धीरे वह बड़ी होने लगी। शरमीली वेल्दी पढ़ने-लिखने लगी। वह बढ़ती गई। माता-पिता की आय भी बढ़ती चली गई।

एक दिन स्कूल में परीक्षा थी। अध्यापिका ने निबंध लिखने को दिया। वेल्दी ने 'दीपों का त्योहार' के बारे में अपनी नानी से सुना था। उसी पर निबंध लिख दिया। वह अव्वल आई। उसकी बस्ती से तो सात समंदर पार था भारत। वह कभी भारत आई नहीं थी, लेकिन उसने निबंध में हँसी-खुशी, उमंग-उत्साह के बारे में हू-ब-हू लिखा था।

बस, उसी दिन से वेल्दी के भीतर इच्छा जागी कि वह स्वयं भारत जाएगी और उस त्योहार में शामिल होगी।

वह भारत के बारे में जानने को उत्सुक रहती। यहाँ के नगरों, गाँवों, निवासियों के बारे में पढ़ती; मंदिरों, इमारतों और रहन-सहन के बारे में जानकारी बढ़ाती। यहाँ तक कि उसने अपने लिए एक रेशमी साड़ी खरीदी। वह साड़ी पहन लेती और माथे पर बिंदी लगा लेती, शीशे के सामने खड़ी होकर अपने को देखा करती।

समय बीता। वेल्दी बड़ी हो गई। उसकी पढ़ाई भी पूरी हो रही थी। अब हर दिन वह सोचती कि कब भारत के लिए रवाना हो! और सचमुच, वह दिन आ पहुँचा, जब वेल्दी जहाज

पर सवार हुई—भारत पहुँचने के लिए। उसके सपनों का देश भारत, जहाँ देवी-देवताओं के दर्शन होते हैं, जहाँ अमृत की धारा गंगा बहती है।

जहाज की लंबी यात्रा वेल्दी को और भी लंबी मालूम हुई। वह तो जल्दी-से-जल्दी भारत पहुँचना चाहती थी। लाल किला या कुतुब मीनार देखने के लिए वह उतावली नहीं थी। उसे मथुरा-वृंदावन में कृष्ण कन्हैया के दर्शन करने थे। गंगोत्तरी-यमुनोत्तरी के अनोखे दृश्य कैमरे में भरने थे।

भारत आ पहुँची वेल्दी। उसने सबसे पहले कई साड़ियाँ खरीदीं। फिर वृंदावन के लिए रवाना हो गई। रंगों के त्योहार में कैसे अबीर और रंग की बहार होती है—यह उसने अपनी आँखों से देखा। जहाँ-तहाँ श्रीकृष्ण के दर्शन करती, हाथ जोड़ती, आँखें बंद करके शीश नवाती। पूजा के समय शंख बजते तो वह मुग्ध हो जाती। कभी उसे लगता कि वह भी कृष्ण की गोपी है, कभी लगता कि वह मीरा है। उसने मथुरा में रहकर कई भजन भी सीख लिये।

दीपावली निकट आ गई। वह हर दिन किसी-न-किसी गाँव में जाती। घरों की लिपाई-पुताई करते लोगों को देखती। दीवारों पर चित्रकारी कर रही औरतों को देखती तो देखती ही रह जाती।

दीवाली के दिन नगर की चहल-पहल अनोखी थी। मिठाइयों की सजी-धजी दुकानें। नए और सुंदर कपड़े पहने बच्चे, बड़े और औरतें। साँझ हुई तो पूरी नगरी जगमगा उठी। औरतें यमुना में दीपदान कर रही थीं। दूर-दूर तक जल में तैरते दीपक। उनकी झिलमिलाती परछाइँयाँ। क्या कुछ नहीं देखा वेल्दी ने। घोर अँधेरी रात, लेकिन सब तरफ उजाला।

दस महीने इसी तरह बीत गए। अब वेल्दी हिमालय-दर्शन के लिए निकल पड़ी। ऊँचे-ऊँचे, हरे-भरे पहाड़। सैकड़ों फीट नीचे बहती गंगा की धारा। राह में एक छोटा सा पहाड़ी गाँव नारायणपुर पड़ा तो वह वहीं उतर गई। उसने तय किया कि कुछ दिन वहाँ रहकर पेंटिंग करेगी। वहाँ पर्यटकों के ठहरने के लिए छोटी सी जगह थी, वहीं ठहर गई। रोज सवेरे वह निकल पड़ती। कोई मनोरम दृश्य देखती तो उसे रंगों में उतारने लगती। शाम को लौटती।

कुछ दिन यों ही बीते। एक दिन सवेरे ही पर्यटक केंद्र का रखवाला आया। बोला, ''मेम साब, यहाँ इतने दिन कोई नहीं ठहर सकता।''

वेल्दी को झटका सा लगा। वह तो नारायणपुर में साल-दो साल रहना चाहती थी। उसने चौकीदार को कुछ रुपए दिए। बोली, ''बाबा, हफ्ते भर में मैं कोई प्रबंध कर लूँगी।''

चौकीदार चला गया। वहाँ सड़क चौड़ी की जा रही थी। इंजीनियर श्री भट्ट से वह मिली। उनकी मदद से कुछ राज-मजदूर बुलाए। पहाड़ी पत्थरों से दो छोटे कमरे बनवा लिये। जरूरत की वस्तुएँ भी जुटा लीं। अब उसे कोई परेशानी नहीं थी। लेकिन गाँववाले उसे शक की

निगाह से देखते थे। कोई कहता, विदेशी जासूस हैं। दूसरा कोई समझता, अपने धर्म का प्रचार करने आई है।

एक बार वेल्दी गंगोत्तरी गई। वहाँ उसे स्वामी सदानंद मिले। स्वामीजी से वह देर तक बातें करती रही। उसने स्वामीजी को बताया, ''कनाडा मेरी जन्मभूमि है, भारत मेरा मनभावन देश। रोशनी का त्योहार इस तरह कहीं नहीं मनाया जाता।''

स्वामीजी ने उसे प्रसाद दिया, फिर बोले, ''बेटी, तुम हर दिन दीवाली मनाओ। अँधेरे घरों में रोशनी पहुँचाओ। यही तुम्हारे लिए पूजा होगी।''

स्वामीजी से विदा लेकर वेल्दी चली आई। वह सोचती रही, सोचती रही। उसने तय

किया कि वह अनपढ़ों को पढ़ाएगी।

वह नारायणपुर लौटी तो देखा कि घर में चोरी हो गई है। कपड़े या बरतन कुछ नहीं बचा था। थानेदार उससे पूछताछ करने आया। उसका मन उचाट हो गया, किंतु स्वामीजी की बात रह-रहकर उसे कुरेद देती। थानेदार से उसने कहा, ''कोई खास सामान नहीं गया। आप चिंता न करें।''

थानेदार चला गया। सचमुच, वेल्दी की बनाई सभी पेंटिंग्स ज्यों-की-त्यों थीं। जल्दी ही उसने मुंबई में अपने चित्रों की प्रदर्शनी की। अच्छी आमदनी हो गई।

नारायणपुर आकर उसने कथा करवाई। गाँव में सभी को न्योता दिया। कथा के बाद कीर्तन कराया। प्रसाद बाँटा। हर दिन साँझ के समय वहाँ औरतें-बच्चे एकत्र हो जाते। वे प्रार्थना करते, गीत-भजन गाते। कभी-कभी मिलकर नाचते भी। वेल्दी उन्हें साफ-सफाई की बातें बताती। रोगों से बचाव कैसे हो—यह भी सिखाती।

पंचायत घर में एक अनोखे स्कूल की शुरुआत की गई। स्कूल रोज दो घंटे खुलता। बड़े-बूढ़े उसमें पढ़ते। खेती-क्यारी की बातें उन्हें बताई जातीं। गाँव के कई युवक इस काम को करते। अब नारायणपुर गाँव में बदलाव आने लगा। किसी के यहाँ कोई भी खुशी का मौका हो, वेल्दी को अवश्य बुलाया जाता।

गाँव की औरतें कहतीं, ''यह औरत तो लक्ष्मी है। इसने हमारे गाँव को बदल दिया। हमें नई रोशनी में जीना सिखा दिया।''

वेल्दी अब प्रौढ़ हो चुकी थी। एक दिन उसका पाँव फिसला तो हड्डी टूट गई। इलाज के लिए शहर जाना पड़ा। कई महीने अस्पताल में रही। लौटी तो व्हील चेयर पर। सारा गाँव उमड़ पड़ा उसे देखने के लिए। उसे देखकर गाँववालों की आँखें भर आईं। ऊँचे कद की वेल्दी लंबे डग भरकर चलती थी; लेकिन अब वह अपने आप चल न पाती।

वेल्दी ने एक बार फिर दीवाली का त्योहार नारायणपुर में मनाया—भरपूर उत्साह और उमंग के साथ।

दिन बीतते गए। अब वेल्दी की सेहत ठीक नहीं रहती थी। कभी भी डॉक्टर की जरूरत पड़ जाती। उसने तय किया कि अब कनाडा लौटा जाएगी। उसका एक चित्र पंचायत घर में लगा दिया गया। तीसरे दिन वेल्दी ने अपने मनभावन देश से अलविदा ले ली।

सुपर मैन

—जाकिर अली 'रजनीश'

लगभग पाँच बजे हमारी बस टूर पर नैनीताल पहुँची। चार घंटे की यात्रा के कारण हमारे शरीर बुरी तरह से थक गए थे। लेकिन इसके बावजूद जब मैंने नाश्ता करने के बाद अपने साथ टूर पर गए स्कूल के छात्रों को आराम करने के लिए कहा तो वे शोर मचाने लगे।

"सर, हमें उड़नेवाला आदमी दिखाने ले चलिए न।" एक ने कहा।

"हाँ सर, उड़नेवाला आदमी।" कई अन्य छात्रों ने उसका समर्थन किया।

और फिर सभी बच्चे एक साथ चिल्ला पड़े, "उड़नेवाला आदमी, उड़नेवाला आदमी!"

बच्चों के इस प्रकार चिल्लाने पर मेरे सहयोगी दूसरे अध्यापकों का मन खिन्न हो गया। वर्मा सर ने उन्हें डाँट पिला दी, "तुम लोग चुप हो जाओ, वरना सभी को मुरगा बना दूँगा!"

डाँट सुनकर बच्चे शांत हो गए; लेकिन तब तक उड़नेवाला आदमी देखने की इच्छा मेरे मन में भी जाग चुकी थी। और फिर स्कूल का टूर बनाने के पीछे उड़नेवाला आदमी देखने की लालसा भी तो थी। यदि उड़नेवाले आदमी का समाचार अखबार में पढ़ने को न मिलता तो हमारा यह टूर प्रोग्राम शायद इतनी जल्दी न बन पाता।

"क्यों वर्माजी, क्या आपकी इच्छा नहीं है उस सुपर मैन को देखने की?" मैंने धीरे से पूछा।

मेरी बात पर वे चौंके, "आप तो बच्चों के साथ एकदम बच्चे बन जाते हैं। अभी-अभी हम लोग थके-माँदे चले आ रहे हैं और…"

"अरे, तो हम लोग कोई बूढ़े हैं क्या?" सहाय सर ने कहा, "चलिए अजीज भाई, मैं भी बच्चों के साथ तैयार हूँ।"

सहाय सर के साथ बाकी टीचर भी तैयार हो गए। आखिर उस उड़नेवाले आदमी के भीतर था ही ऐसा जादू, जो हमें बरबस ही अपनी ओर खींच रहा था।

दरअसल अब से सात दिन पहले एक अखबार के भीतरी पन्नों पर छोटी सी खबर छपी थी, जिसमें किसी उड़नेवाले आदमी का जिक्र था। उस खबर को पढ़ने के बाद न जाने क्यों, मुझे ऐसा लगा कि मुझे उसे देखना चाहिए। बस, उसी दिन साथी टीचरों से उसपर चर्चा चली और सबकी अनुमति पाकर स्कूल का टूर प्रोग्राम बन गया। और उसी प्रोग्राम के अनुसार आज हम लोग उस सुपर मैन यानी उड़नेवाले आदमी को देखने जा रहे थे।

गाइड को लेकर हम लोग उस जगह पर पहुँचे, जहाँ पर उड़नेवाला आदमी देखा गया था। वहाँ पर एक चट्टान के पास काफी भीड़ लगी हुई थी। चारों ओर नजर मारने के बाद जब हमें कहीं उड़नेवाला आदमी दिखाई न पड़ा तो हम लोग भी उस भीड़ के पास जा पहुँचे।

भीड़ के बीचोबीच एक आदमी जमीन पर लेटा हुआ था। उसके कपड़े गंदे थे और शरीर के कई भागों से खून निकल रहा था। और जैसे ही उसके चेहरे पर मेरी नजर पड़ी, मेरे मुँह से निकल गया, "करन...?"

"क्या आप इन्हें जानते हैं?" पास में खड़े एक व्यक्ति ने मुझसे पूछा।

मैंने 'हाँ' की मुद्रा में सिर हिला दिया और चुपचाप उसे देखता रहा।

करन और मैं बी.एस-सी. में साथ-साथ पढ़ते थे। करन को प्रयोगात्मक भौतिकी में बहुत रुचि थी। उसका एक बड़ा सपना था आकाश में उड़ने का—बिना किसी ग्लाइडर या पैराशूट के सहारे।

एक बार हम लोग कॉलेज की छत पर बैठे हुए थे। तभी उधर से एक जहाज गुजरा। उसे देखकर करन मुझसे बोला, 'क्यों अजीज, क्या हम हवाई जहाज के सिद्धांत को अपने ऊपर नहीं लागू कर सकते?'

मैं उसकी बात सुनकर हँस पड़ा। कक्षा के सभी लड़के उसकी इस बात से परिचित थे और इसीलिए वे उसे अकसर मजाक में 'सुपर मैन' कहा करते थे।

बी.एस-सी. के तीन साल उसने हवाई जहाज के सिद्धांत को अपने ऊपर लागू करने में लगा दिए। यही कारण था कि परीक्षा में उसे मात्र चालीस प्रतिशत नंबर मिले थे। उसकी मार्कशीट देखकर मैंने हँसते हुए उससे कहा था, 'देखा करन, तुम्हारा हवाई जहाज का सिद्धांत तुम्हारे लिए कितना लाभकारी सिद्ध हुआ है!'

मैंने बात हँसी में कही थी, लेकिन उसने उसे गंभीरता से लिया और उदास हो गया। कुछ

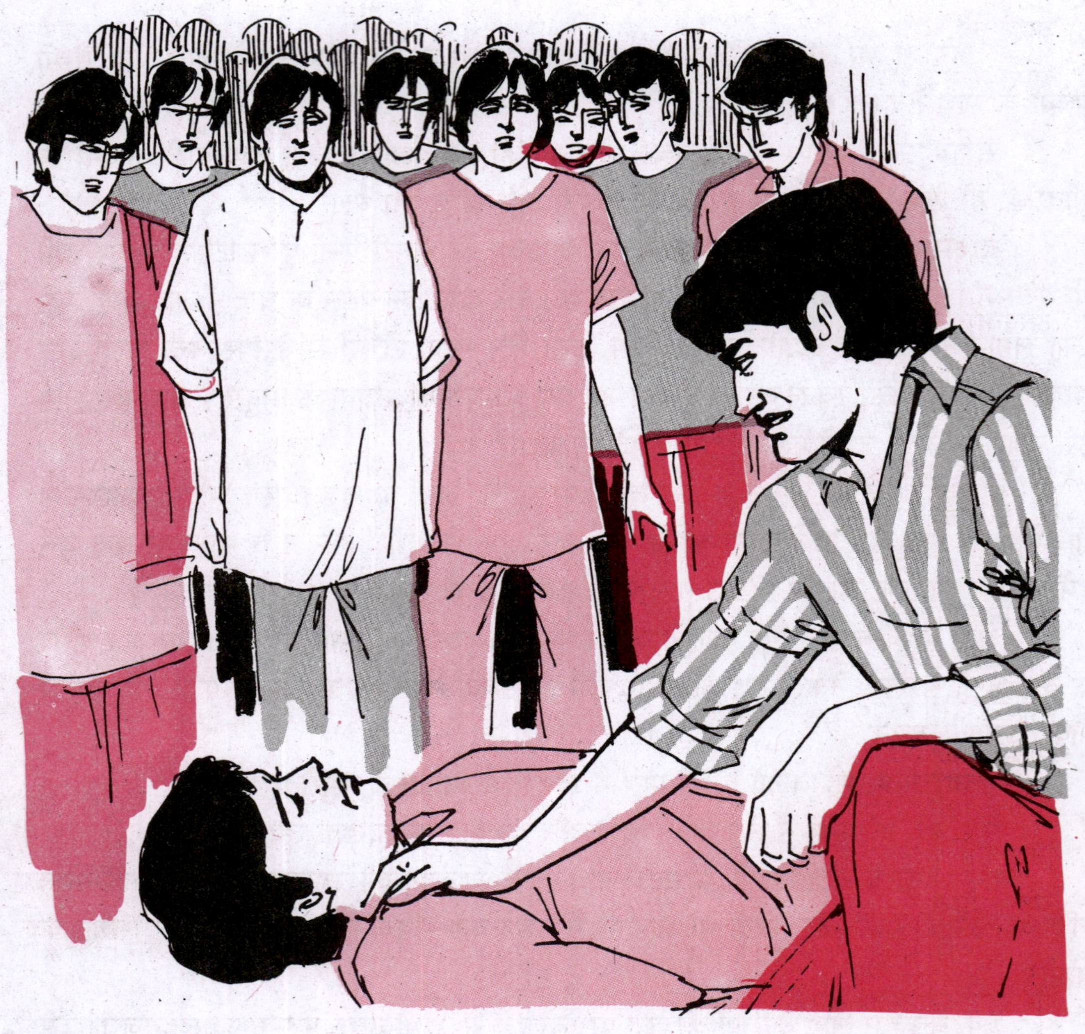

पल के बाद वह बोला, 'अजीज, पता नहीं आज के बाद हम लोग कब मिलें; लेकिन मैं तुमसे वादा करता हूँ कि जब भी मैं तुमसे मिलूँगा, हवाई जहाज के सिद्धांत को अपने ऊपर लागू कर चुका होऊँगा।'

'और अगर तुम्हारा वादा टूट गया तो?' मैं अब भी मुसकरा रहा था।

'तो अपने ही हाथों से सबके सामने जितने चाहे झापड़ मेरे गालों पर मारकर मुझे मेरे झूठे दंभ का एहसास करा देना।'

उसकी बात सुनकर मैं फिर हँसा, 'और अगर तुम जीत गए तो तुम्हें भी मेरे साथ यही

करने की छूट होगी।'''लेकिन इसके बावजूद मैं चाहता हूँ कि जीत तुम्हारी ही हो, ताकि मुझे भी मुफ्त में उड़ने को मिले।'

मैंने हँसकर उसे विदा किया। उसके बाद हम दोनों अपने-अपने रास्तों पर बढ़ गए।

''क्या हुआ, अजीज? कहाँ खो गए?'' सहाय सर ने मुझे झकझोरा।

मैं चौंका। सँभलने पर देखा कि वर्माजी किसी से पूछ रहे हैं, ''इन्हें क्या हुआ है?''

''यह सब मेरी वजह से हुआ है।'' पास में ही खड़ा एक पत्रकार कह रहा था, ''मैं एक अखबार के लिए इनका इंटरव्यू लेने आया था; लेकिन उससे पहले मैं इन्हें उड़ते हुए देखना चाहता था, ताकि कुछ फोटो ले सकूँ।

''हालाँकि उस समय इनकी तबीयत खराब थी, लेकिन जब मैंने इनसे अपनी बात कही तो ये सहर्ष तैयार हो गए। कहा कि मैं अपने एक दोस्त को बुलाना चाहता हूँ। उसे दिखाना चाहता हूँ कि हवाई जहाज के सिद्धांत को आदमी के ऊपर भी लागू किया जा सकता है। उसके बाद इन्होंने एक कैमरे जैसा यंत्र अपने गले में लटकाया और सामने की पहाड़ी पर चढ़ गए। फिर इन्होंने अपने हाथों को एक विशेष आकार में मोड़ा और फिर नीचे छलाँग लगा दी। आश्चर्य कि ये आसमान में उड़ रहे थे। मैंने फटाफट कैमरा निकाला और फोटो खींचने के लिए आगे बढ़ा; लेकिन उसी समय एक चक्रवात-सा आ गया और चारों ओर धूल-ही-धूल छा गई। तभी जोरदार आवाज हुई। मैंने धूल छँटने पर देखा कि ये यहाँ पर'''''

उस व्यक्ति की बात सुनकर मुझे न जाने क्या होने लगा। मेरा दिल चीख-चीखकर कहने लगा कि यह व्यक्ति ही करन का हत्यारा है। अगर यह उससे उड़ने के लिए नहीं कहता तो मेरा प्यारा दोस्त'''

मैं अपने पर नियंत्रण नहीं कर सका और उस पत्रकार पर अचानक टूट पड़ा। इस हमले के लिए वह कतई तैयार नहीं था। कुछ ही पलों में उसकी नोटबुक, पेन, कैमरा—सब इधर-उधर हो गए और वह अपनी जान बचाकर वहाँ से भाग खड़ा हुआ।

मैं एकदम ठगा सा खड़ा था। मुझे लगा कि वह कह रहा है, 'देखा अजीज! इनसान अगर पक्का निश्चय कर ले तो फिर उसे पूरा होते देर नहीं लगती। मैंने भी अपनी लगन और कठोर परिश्रम के बल पर अपनी बात को सत्य कर दिखाया। बोलो, अब कहाँ है तुम्हारी शर्त?'

अपने पूर्व के व्यवहार और अपने दोस्त के बिछड़ जाने के दुःख के कारण मेरा गला भर आया। मैं अपने आपको ज्यादा देर तक रोक न सका और करन से लिपट गया।

उसका शरीर ठंडा पड़ता जा रहा था। मैंने उसके दोनों हाथों को पकड़ा और अपने गालों पर मारने लगा। मेरी दशा एकदम पागलों-सी हो रही थी। एक ओर मेरे हाथ जहाँ मुझे सजा दे रहे थे, वहीं मेरा हृदय चीख-चीखकर कह रहा था—तुम जीत गए करन, तुम जीत गए। लेकिन तुमने

मेरे सामने आने में बहुत देर कर दी। तुम्हारा ये दोस्त अब अपने आपको शायद कभी भी माफ न कर सके।

मेरे साथी और बच्चे हैरान थे। उन्हें कुछ भी समझ में नहीं आ रहा था। उनकी आँखों में ढेर सारे प्रश्न थे। उन्हें चिंता थी तो इस बात की कि करन के गले में पड़े हुए उस चमत्कारी यंत्र का क्या हुआ ? और मुझे इस बात का दुःख था कि मैं सुपर मैन के पास आ गया था, मगर वह मुझसे बहुत दूर चला गया था।

घोड़ी का मोल

—तारादत्त 'निर्विरोध'

"मुझे तो 'केसर कालिमा' प्राणों से भी अधिक प्यारी है और मैं उसे किसी भी कीमत पर नहीं दूँगी।" चारणी देवी देवलदे का यही जवाब था और खींचीराज का राजा जिणाराम केसर जैसी घोड़ी को हथियाने के लिए हर संभव प्रयत्न कर रहा था। केसर जैसी घोड़ी राज्य में दूसरी नहीं थी।

जिणाराम ने अपने राजपूती धर्म की न सोचकर सेवक को फिर देवलदे के पास भेजा और घोड़ी लाने का आदेश दिया। सेवक ने चारणी देवी से कहा कि या तो घोड़ी मेरे हवाले करो या स्वयं मेरे साथ दरबार में चलो, वरना दोनों को जबरदस्ती ले जाया जाएगा।

देवलदे ने यह बात सुनी तो उसकी भौंहें तन गईं। क्रोध का एक गरम घूँट रग-रग में तैर गया। वह सिंहनी-सी हुंकार उठी, "केसर कोई बच्चे के हाथ की चीज नहीं, जिसे कोई भी छीनकर अपनी बना ले। वह मेरी है और मरते दम तक मेरी ही रहेगी।"

सेवक लौट गया। जिणाराम ने सुना तो मन-ही-मन कसमसा उठा और फिर उसने आँखें तरेरते हुए कहा, "जाओ, इसी समय जाओ और किसी भी तरह चारणी देवी देवलदे तथा केसर को कैद कर लाओ।"

सेवक दौड़ पड़े। बड़ी देर तक चारणी देवी और जिणाराम के सैनिकों में युद्ध होता रहा। देवलदे राजपूती खून के रंग दिखाती रही; किंतु वह आखिर कब तक लड़ती? एक ओर सशस्त्र सैनिक और दूसरी ओर वह अकेली। वह सैनिकों से घिर गई और बंदी बनाकर दरबार में लाई गई।

जिणाराम ने फिर कहा, "चारणी देवी, अब तुम मेरी गिरफ्त में हो और तुम्हारी घोड़ी मेरे

अस्तबल में है। चाहो तो अब भी घोड़ी का मोल ले सकती हो और मैं तुम्हें रिहा कर सकता हूँ।''

वह हुंकारती सी बोली, ''जिणाराम, राजपूत बाला ने प्राण दे दिए हैं, पर किसी के आगे झुकी नहीं है। वह कोई पेड़ की टहनी नहीं जो तोड़ी-मरोड़ी जा सके।''

जिणाराम का सिर भन्ना गया। उसे लगा, उसके नीचे की धरती खिसक गई हो या आसमान ही टूट गिरा हो। उसे ध्यान आया कि ऐसा न हो, चारणी देवी और बोले, जिससे दरबार की मर्यादा ही भंग हो जाए। वह भीतर से डरा, किंतु बाहर सामंतों से बोला, ''जाओ, इस चारणी देवी को कैद में डाल दो और जब इसे समझ आ जाए तब दरबार में पेश करना।''

देवलदे को सैनिक ले गए और उसे कारागार में डाल दिया।

रात में सैनिक महफिल जमाने लगे। सुरा और नाच के रंग खिले तो सब प्यालों में डूब गए। उधर चारणी देवी की कैद के पहरे पर एक राजपूत शिवाजी था। यह अत्याचार उससे देखा न गया। वह कारा के द्वार खोलकर भीतर आया और बोला, ''देवी, समय आ गया है, जब तुम इस कारा से अपने को मुक्त कर सकती हो। इस सुनसान रात में तुम्हारा पीछा करनेवाला यहाँ कोई नहीं है।''

देवलदे ने सुना और पहरेदार का चेहरा पढ़ा तो पूछा, ''आखिर तुम ऐसा क्यों कर रहे हो?''

''इसलिए कि मैं एक राजपूत हूँ और राजपूत कभी अत्याचार या दुर्व्यवहार नहीं चाहता।''

और सुबह जिणाराम ने देखा कि कारा में न देवलदे थी, न अस्तबल में केसर और शिवाजी भी पहरे पर नहीं था। राजा को बात समझते देर न लगी। तुरंत सैनिक सब दिशाओं में दौड़ा दिए गए; किंतु तब तक देवलदे और शिवाजी काफी दूर निकल चुके थे। वे दोनों रणाबंका पाबूजी राठौर के केशवपुर में पहुँच चुके थे।

वैसे पाबूजी की बहन ही जिणाराम से ब्याही थी, किंतु राजा के ऐशो-आराम और हस्तक्षेप से रानी की मृत्यु हुई थी। इससे पाबूजी बड़े नाराज थे। यह सब ध्यान आया तो पाबूजी के पिछले घाव हरे हो गए। उन्होंने देवलदे की आपबीती सुनी तो क्रोधित होकर बोले, ''बहन, चिंता मत करो, मैं तुम्हारे साथ हूँ। मुझे तो खींचीराज के राजा जिणाराम से पुराने हिसाब भी करने हैं और अब वह अवसर आ गया है।''

तभी वे सोच में डूब गए। बोले, ''सोच रहा हूँ कि पहले विवाह के मंडप में बैठूँ या खींचीराज पर चढ़ाई कर दूँ। एक ओर अमरकोट की राजकुमारी फूलभदे से विवाह की बात है तो दूसरी ओर बहन को दिया हुआ वचन।''

''ये दोनों काम कैसे होंगे?'' देवलदे ने पूछा।

''तुम्हें शादी के समय केसर मुझे देनी होगी। बहन, जैसे ही तुम्हारी घोड़ी हिनहिना उठेगी, मैं समझूँगा कि तुम आपद्ग्रस्त हो गई हो और मैं तुरंत मंडप छोड़ दूँगा।''

ऐसा ही हुआ। जब पाबूजी और फूलभदे की भाँवर पड़ने लगीं तो केसर हिनहिना उठी। दूसरे ही क्षण पाबूजी ने अपनी तलवार से 'गठजोड़ा' काट दिया और केसर पर सवार हो गए।

फूलभदे की जवानी की हर उमंग युद्ध में काम आई। पाबूजी ने जान की बाजी लगाकर घोड़ी का मोल चुकाया।

आज भी युद्ध में घोड़ों की टापों के बीच केसर के पाँवों की टापें अलग सुनाई देती हैं, जिनमें देवलदे की रक्षा, अपमान का बदला, फूलभदे की उमंग और पाबूजी का व्यक्तित्व सचित्र हो उठता है। ■

अदले का बदला

—दर्शनसिंह आशट

एक तालाब में एक कछुआ रहता था। तालाब के बिलकुल किनारे पर जामुन का एक पेड़ था। समय आने पर उसपर मीठे जामुनों के गुच्छे लगते। पास के गाँव से लड़के उस पेड़ से जामुन खाने के लिए आते।

कुछ ही दिनों के बाद जामुन के उस पेड़ पर एक कौआ और उसकी पत्नी आकर रहने लगे। कौआ अकसर दूसरों को परेशान करता रहता या लड़ता-झगड़ता रहता। जब कछुआ तालाब से निकलकर जमीन पर आता तो कौआ उसकी पीठ पर सवार हो जाता और झूलता रहता; लेकिन कछुए को उसकी यह आदत बिलकुल पसंद न थी। कई बार तो कौआ अपनी ताकत का दिखावा करता हुआ उसे उलट-पलट भी देता, तब कछुए को उसपर गुस्सा आता। वह उससे दुःखी था।

किंतु इसके विपरीत, कौए की पत्नी नम्र स्वभाव की थी। वह ऐसा करने से कौए को अकसर मना करती। लेकिन कौआ कब किसी की बात माननेवाला था?

एक दिन जब कछुआ फिर तालाब से निकलकर जमीन पर आकर धीरे-धीरे चलने लगा तो कौए की नजर उसपर जा पड़ी और वह झट से जाकर उसपर सवारी करने लगा।

कछुए को गुस्सा आ गया। वह बोला, "क्यों भाई कौए, मेरी पीठ पर अकसर चढ़कर मुझे तंग क्यों करते रहते हो? आखिर तुम मुझसे चाहते क्या हो?"

"तेरे ऊपर मजे से सवारी करना चाहता हूँ। इस तरह करने से मुझे बड़ा मजा आता है।" हँसता हुआ कौआ बोला।

कछुए ने पूछा, "दूसरों को तंग-परेशान करके खुश होना कहाँ की भलमनसाहत है? क्या

तुम भी मुझे अपनी पीठ पर बिठा सकते हो?"

कौआ एकदम बोला, "क्यों, मैं तुझे क्यों बिठाऊँ अपनी पीठ पर? उपला-सा''।"

कछुआ फिर निराश सा होकर तालाब में ही जाने लगा। चालाक कौआ तत्काल उड़कर जामुन के पेड़ पर जा बैठा।

जब कौआ कछुए को और भी ज्यादा परेशान करने लगा तो कछुए ने तालाब से बाहर आना कम कर दिया।

कुछ दिनों के बाद कौए की पत्नी ने घोंसले में दो अंडे दिए। कौआ दंपती बहुत खुश थे। उधर पेड़ पर लगे जामुनों के गुच्छे भी पकने लगे थे। एक दिन गाँव के लड़के आए और जामुन के

पेड़ पर चढ़कर जामुन खाने लगे तो कौआ दंपती ने 'काँव-काँव, काँव-काँव' करके आसमान सिर पर उठा लिया। उनका काँव-काँव सुनकर और भी बहुत सारे कौए इकट्ठे हो गए और जामुन के पेड़ पर चढ़े लड़कों पर अपनी चोंचों, पंजों आदि से हमले करने लगे। एक लड़का जब कौए के घोंसले के पास जाकर एक गुच्छे को तोड़ने का प्रयत्न करने लगा तो हिलने-डुलने के कारण घोंसले में से एक अंडा निकलकर सीधा तालाब में जा गिरा।

कौआ और उसकी पत्नी ने यह देखकर उस लड़के पर इतने जोर से हमले किए कि दूसरे साथियों की भाँति उसे भी पेड़ से नीचे उतरकर गाँव की ओर भागना पड़ा।

कौआ दंपती अपना एक अंडा तालाब में गिर जाने के कारण बहुत दुःखी हो गए। वे तालाब के किनारे बैठकर रो रहे थे। किंतु कुछ ही पल बाद वही कछुआ अपने मुँह में उनका अंडा लिये बाहर आया और घास पर रखता हुआ बोला, "शुक्र है कि तुम्हारा अंडा पानी में ही गिरा। यदि थोड़ा दूसरी तरफ गिर जाता तो टूट जाता। मैंने पानी में से ही इसे गिरते हुए देख लिया था और मुँह में पकड़ लिया था। अब चिंता की कोई बात नहीं। यह सुरक्षित है। सँभालिए।"

कछुए की यह बात सुनकर उसे धन्यवाद देने के लिए उन दोनों पति-पत्नी के पास शब्द नहीं थे।

रामपुर के शिकारी

—दिनेश चमोला

रामपुर का जंगल अपनी सुंदरता, पर्यावरण व फल-फूलों के वृक्षों के लिए दूर-दूर तक प्रसिद्ध था। इसीलिए वहाँ दुनिया भर के जीव-जंतु आते ही नहीं, बल्कि वहाँ की सुंदरता देख वहीं के होकर रह जाते। वह जंगल जहाँ प्राकृतिक सुंदरता के लिए प्रसिद्ध था वहीं वहाँ के जीव-जंतुओं की एकता, भाईचारा व प्रेम दूसरे जंगल के जीवों के लिए अजूबा उदाहरण भी थे। छोटे-छोटे जीवों से लेकर बड़े-बड़े जीव तक निर्भय हो घूमा करते। किसी को किसी प्रकार का भय नहीं था।

जंगल के मध्य अलग-अलग दिशाओं में मीठे पानी के चार सुंदर चश्मे थे। उसके साथ ही घास के हरे-हरे बड़े चरागाह भी थे। दिन भर घास चरना, हँसना-खेलना, चश्मे के मीठे पानी से नहाना-धोना, मस्त हो कुलाँचें भरना ही रामपुर के जीवों की दिनचर्या थी। सभी जीव गठीले, चुस्त व सुंदर थे। मरियल-से मरियल जीव भी रामपुर के जंगल में यदि एक माह बिता लेता तो मारे मोटापे के कारण पहचान में नहीं आता था। सुंदरता व खुशियों का स्वर्ग ही था वह जंगल।

सभी के दिन खुशी से बीत रहे थे। वहाँ की हँसी-खुशी की चर्चा दूर-दूर तक होती रहती। एकाएक समय ने करवट बदली। लकड़हारों व शिकारियों के दल ने रामपुर की दूसरी ओर अपना घर बसा दिया। दोनों को ऐसा हरा-भरा जंगल व चुस्त-दुरुस्त जीव-जंतु अन्यत्र कहाँ मिलते। उनके आने से तो मानो रामपुर का जंगल काँप ही गया। बड़े-बड़े जीव-जंतु तक मारे भय के वहाँ से दुम दबाकर भाग गए; लेकिन सभी जीवों ने ऐसे भाग जाना अपनी मर्यादा के प्रतिकूल समझा। लकड़हारे जंगल के पेड़ काट-काटकर सूना करते तो शिकारी दुर्लभ जीवों को मार-

मारकर रामपुर को निर्जन बनाते रहते। आधे जीव अब भूख से व्याकुल रहने लगे तो आधे भय के कारण रोगी की तरह लगने लगे।

आखिर एक दिन सभी जीवों ने आपात बैठक बुलाई। सभा के अध्यक्ष लंबू जिराफ ने सभी को संबोधित करते हुए कहा, ''मित्रो! सिंह व हाथी जैसे बलवान् जीवों के डर से यहाँ से भाग जाना हमारी बिरादरी के लिए बड़े शर्म की बात है। यदि हम भी यहाँ से भाग जाएँ तो इससे बढ़कर अपमान हमारे लिए कोई दूसरा नहीं है। हमें अपनी सामर्थ्य से इसका हल सोचना चाहिए, न कि रामपुर छोड़कर भाग जाना चाहिए।''

सभी ने अपने-अपने विचार रखे।

अंत में परोपकारी तुंगभद्र नामक नागराज ने कहा, ''भाइयो, अपनी कर्मस्थली से अपनी शक्ति का प्रयोग किए बिना भाग जानेवाले को ईश्वर कभी भी माफ नहीं करते। आप डरते क्यों हो? मेरे विष के प्रभाव से कोई भी तीन पीढ़ियों तक नहीं बच सकता। मैं इसका प्रयोग केवल प्राण पर संकट आने पर ही करता हूँ। अतः किसी को दोष मत दो। मेरे साथ सरस्वती तालाबवाले घास के बड़े मैदान में सब जीव उपस्थित हो जाओ। फिर उन्हें उनके कर्म की सजा मैं देता हूँ।''

परोपकारी नागराज की बात सुनकर सभी को राहत मिली।

नागराज ने पूरी योजना से सभी को भलीभाँति परिचित कराया। रामपुर का सारा जंगल लगभग वीरान हो चुका था। अब केवल सरस्वती तालाब के चारों ओर ही हरियाली थी। अतः अब शिकारियों व लकड़हारों—दोनों को उधर ही पहुँचना था। दूसरे दिन सभी जीव अंदर से काँपते, लेकिन बाहर से उत्साह सँजोए तालाब के हरे-भरे चरागाह में उपस्थित हुए। दबे-दबे पाँव शिकारी व लकड़हारों ने चरागाह में प्रवेश किया। लेकिन यह क्या? जो शिकारी व लकड़हारा एक बार दिखाई दिया, वह फिर देखने को नहीं मिला। जो जहाँ था, वह वहीं मृत्यु की गोद में समा गया। कुछ समय बाद नागराज ने सभी को बुलाते हुए कहा, ''मित्रो, अब तीन पीढ़ियों तक ये दुष्ट कभी इस धरती पर पैर नहीं रख सकेंगे। मैंने दसों दिशाओं में अपने नाग मित्र तैनात कर रखे थे। यदि हम मिल-जुलकर रहें तो बड़े संकट पर भी विजय पा सकते हैं। संघर्ष में भागकर नहीं, बल्कि डटकर मुकाबला करने से संसार का कल्याण होता है।''

यह सुनकर सभी जीवों ने जोर की तालियाँ बजाईं।

दूसरे ही दिन वार्षिकोत्सव का आयोजन किया गया। दसों नागपुत्रों को सम्मानित किया गया। नागराज को सर्वसम्मति से अपना राजा चुन लिया गया। उसके बाद रामपुर के जंगल में कभी भय व दुःख नहीं आया। भागे हुए जीव फिर से वहाँ के जंगल में लौट आए। वह जंगल अब फिर से जीवों व पेड़-पौधों की हरियाली से खुशियाँ बिखेरने लगा।

धत् तेरे की

—दिनेश पाठक 'शशि'

राजुल ने पलटकर देखा तो हैरान रह गया। सामने प्रधानाचार्य के दफ्तर के बाहर उसके नाम की पट्टिका लटकी थी—प्रधानाचार्य राजुल उपाध्याय। फिर उसने अपने आपको निहारा—अरे, यह क्या! वह स्वयं प्रधानाचार्य की तरह ही कपड़े पहने हुए है।

अपना नाम लिखे दफ्तर में वह प्रवेश कर गया तो यह देखकर उसे और भी आश्चर्य हुआ कि सामने की सजी-धजी मेज पर भी उसका नाम लिखी एक सुंदर सी पट्टिका रखी है। एक टेलीफोन भी मेज पर रखा है।

वह प्रधानाचार्य की कुरसी पर बैठ गया। उसे आश्चर्य हो रहा था कि वह तो केवल सोचा ही करता था कि अगर वह स्वयं प्रधानाचार्य बन जाए तो मौज आ जाए।

अकसर ही उसे इस बात की भी ईर्ष्या होती कि इतनी भीषण गरमी में प्रधानाचार्य के दफ्तर में तो कूलर लगा है और हम विद्यार्थियों के कमरों में ठीक से पंखे भी नहीं चलते। हाथ में पकड़ी कॉपी हिला-हिलाकर हवा करनी पड़ती है। ऐसे ही जाड़े के दिनों में प्रधानाचार्य अपने दफ्तर में हीट कन्वेक्टर लगाकर कैसा सुखमय बनाए रखते हैं, जबकि कक्षाओं की टूटी-फूटी खिड़कियों और दरवाजों से आती शीत लहर छात्रों को ठिठुरा जाती है।

राजुल मन-ही-मन सोचता कि पढ़ाई के बाद वह भी प्रधानाचार्य बनेगा। फिर तो मौज-ही-मौज होंगे। ऐसे ही दफ्तर में वह बैठा करेगा, जिसमें गरमी में कूलर और जाड़े के दिनों में हीट कन्वेक्टर लगा होगा। सामने मेज पर उसके नाम की पट्टिका और पास ही टेलीफोन होगा। सामने एक कोने में पानी भरा फिल्टर, जग और कुरसी के पीछे कोमल सी रोएँदार तौलिया लटकी होगी।

दरवाजे पर खड़ा चौकीदार उसकी एक घंटी पर दौड़ा चला आया करेगा। तब वह रोब के साथ आदेश देगा, 'कक्षा 10 के कक्षा-अध्यापक को बुलाकर लाओ।' उस कक्षा अध्यापक के आ जाने के बाद थोड़ी देर तक वह ऐसा दिखावा करेगा जैसे उसने उन्हें देखा ही न हो। और जब कक्षा-अध्यापक डरते-डरते उसके प्रश्नों का उत्तर देगा तो उसे बहुत आनंद आएगा।

बच्चों के दाखिले के समय प्रधानाचार्य कैसा रोब मारते हैं। नए-नए नियम-कानून बना डालते हैं, जिससे बच्चों के अभिभावकों को काफी परेशानी होती है। वह प्रधानाचार्य बन गया तो सब बच्चों का दाखिला कर लेने का आदेश दे देगा।

बीमार पड़ जाने के कारण एक बार सोनू पाँच दिनों तक स्कूल नहीं आ सका था। इससे उसका नाम ही कट गया था। सोनू के गरीब माँ-बाप कितना गिड़गिड़ाए थे प्रधानाचार्य के सामने, पर उन्होंने उनकी एक भी बात नहीं सुनी थी, जबकि रोहित के मम्मी-पापा अपनी चमचमाती कार से आए तो उन्हें अपने दफ्तर में बैठाकर चाय भी पिलाई और रोहित का नाम भी लिख लिया था। वह प्रधानाचार्य होता तो हरगिज ऐसा भेदभाव नहीं बरतता।

ऐसी ही बहुत सी बातें राजुल मन-ही-मन सोचता रहता। प्रधानाचार्य के दफ्तर के सामने से आते-जाते समय उसकी सोच और भी तेज हो उठती।

पर यह क्या! वह तो प्रधानाचार्य बन गया। 'लेकिन यह चमत्कार इतनी जल्दी कैसे हो गया?' राजुल ने मूविंग चेयर पर इधर-उधर घूमते हुए सोचा, 'यह किसी परी का जादू है या फिर वह कोई सपना देख रहा है?' उसने चेयर की बैक पर रखे तौलिये से हाथ रगड़े और फिर टेलीफोन का रिसीवर उठाकर एक नंबर डायल किया। दूसरी ओर से घंटी बजने की आवाज आने लगी। फिर उसने अपने पैर में चिकोटी काटकर देखा तो दर्द होने लगा। इसका मतलब है कि वह सपना नहीं देख रहा है। सचमुच वह प्रधानाचार्य बन गया है।

उसने कॉलबेल बजाई।

ट्रिन की आवाज होते ही चपरासी आकर खड़ा हो गया—"जी, सर।"

"मोहन, सभी कक्षा-अध्यापकों से कहो कि अपने-अपने कक्षा रजिस्टर लेकर आएँ।"

"जी सर!" कहते हुए मोहन चला गया।

थोड़ी ही देर में सभी कक्षाओं के अध्यापक आ गए।

"आपने हमें याद किया, सर?"

"हाँ, बैठिए और बताइए कि आपकी कक्षाओं में कितने-कितने विद्यार्थी हैं?"

"जी, 50 विद्यार्थी।" कक्षा सात के कक्षाध्यापक बोले।

"45, सर!" कक्षा आठ के अध्यापक ने बताया।

"55, 60!" इसी तरह सभी ने विवरण दिया।

"अच्छा, अब यह बताइए कि आपकी कक्षा में कमियाँ क्या-क्या हैं? मेरा मतलब कुछ मरम्मत कार्य या फर्नीचर आदि की कमी से है।"

"सर, हमारी कक्षा में पंखे खराब पड़े हैं। गरमी के कारण बच्चे अपनी किताब-कॉपियों से हवा करने लगते हैं। इस तरह उनका ध्यान पढ़ाई पर केंद्रित नहीं हो पाता।" कक्षा छह के कक्षा-अध्यापक राघवन ने बताया।

"मेरी कक्षा का श्यामपट्ट टूट गया है, सर। इसलिए लिखा गया वाक्य विद्यार्थी ठीक से पढ़ नहीं पाते हैं।" कक्षा सात के कक्षा-अध्यापक रंगनाथन ने अपनी परेशानी बताई तो कक्षा आठ के कक्षा-अध्यापक सारस्वतजी ने फर्नीचर की कमी बताई।

उसने सभी की शिकायतों को बड़े ध्यान से सुना तथा अपनी डायरी में नोट कर लिया। फिर ए.सी. साहब को फोन मिलाकर ये सारी बातें उनके सामने रखीं और इन समस्याओं के शीघ्रातिशीघ्र निवारण का प्रबंध करने की प्रार्थना की। किंतु 'फंड नहीं है।' कहकर ए.सी. साहब ने इनकार कर दिया तो वह तिलमिला उठा। पर अध्यापकों को आदेश दिया कि गरमी का मौसम है, आप लोग ऐसा करें कि सबसे पहले खराब पड़े पंखों को मरम्मत के लिए दे दें। इसके लिए मैं अपनी ओर से लिखित आदेश कर देता हूँ।

"यह तो बहुत अच्छी बात होगी, सर।" सभी ने प्रसन्नता व्यक्त की।

मरम्मत-कार्य पूरा भी नहीं हो पाया था कि उसके खिलाफ ए.सी. साहब का पत्र आ गया। उसे क्रोध तो बहुत आया, पर वह शांत ही रहा—"भला यह भी कोई बात हुई, सही काम करने पर भी दोष-पत्र।"

दूसरे दिन वह अपने दफ्तर में आकर बैठा ही था कि एक बच्चे के साथ उसके अभिभावक आ गए। वह उस बच्चे को स्कूल में प्रवेश देने के लिए आग्रह करने लगे। राजुल ने उन्हें आदर के साथ कुरसी पर बैठाया तथा बाबू को बुलवाकर बच्चे के प्रमाण-पत्र देखने के लिए कहा।

बाबू ने प्रमाण-पत्र आदि जाँचने के बाद बताया कि इस बच्चे का प्रवेश हमारे विद्यालय में संभव नहीं है। इसमें तो केवल केंद्रीय विद्यालय के स्थानांतरण-पत्र के आधार पर ही प्रवेश दिया जाता है।

राजुल ने बच्चे के अभिभावकों को अपनी असमर्थता बताई, "क्षमा करें, मैं चाहता हूँ कि आपके बच्चे को मेरे विद्यालय में प्रवेश मिल जाए; किंतु विद्यालय के नियमों के विरुद्ध तो मैं भी नहीं जा सकता।"

इस बात से बच्चे के अभिभावक उसे बुरा-भला बोलने लगे तथा 'देख लेने की धमकी' देते हुए चले गए। उसका भावुक हृदय बहुत दु:खी हुआ। पहली बार उसने महसूस किया कि प्रधानाचार्य का कार्य भी इतना सरल नहीं जितना वह सोचा करता था। वास्तव में चाहकर भी वह बहुत से कार्य कर पाने में अपने को असमर्थ पा रहा है। कहीं विद्यालय के नियम आड़े आ जाते हैं तो कहीं अनुशासन तो कहीं कुछ और।

इस घटना के बाद वह सामान्य भी नहीं हुआ था कि कक्षा आठ के कक्षा-अध्यापक दो विद्यार्थियों को पकड़कर ले आए—"सर, इन दोनों ने मिलकर अपनी कक्षा के विनोद को बहुत पीटा है और हॉकी से उसका सिर फोड़ दिया है।"

शिकायत सुनकर राजुल क्रोध से तिलमिला उठा। जी में आया कि अभी अपनी कुरसी से उठे और दोनों विद्यार्थियों की पिटाई कर दे। किस बवाल में फँस गया वह। प्रधानाचार्य का पद तो बड़े झंझट का है।

उसने दोनों विद्यार्थियों की ओर क्रोध से घूरते हुए एक के गाल पर जोरदार चाँटा जड़ दिया और क्रोध में बोला, ''विद्यालय से निकाल दो इन्हें! नाम काट दो इनका!''

राजुल का चीखना सुनकर रसोईघर में खाना बनाती माँ दौड़ी चली आई, ''क्या हुआ? क्यों रे, किसका नाम कटवा रहा है स्कूल से?''

मम्मी की तेज आवाज सुनकर वह हड़बड़ाकर उठ बैठा। उसका हाथ भी झनझना रहा था। शायद पलंग के सिरहाने पर उसने जोर से मारा था। उसने झेंपते हुए कहा, ''धत् तेरे की, सपने में भी सपना।'' और हँसते-हँसते वह सपने की सारी बातें माँ को बताने लगा।

प्यार खोया नहीं

—नागेश पांडेय 'संजय'

छह साल की रागिनी की बेचैनी दिनोदिन बढ़ती जा रही थी। वह गुप-चुप, उदास सी रहती। किसी से बोलने की पहल न करती। कारण सिर्फ एक था—दिपलू। दिपलू के कारण ही वह सारे घर के लिए अनजान सी बन गई थी। किसी का ध्यान अब उसकी तरफ जाता ही न था। और तो और, कोई बाहरी आदमी आता तो वह भी बस, दिपलू पर ही प्यार के फव्वारे छोड़ता। रागिनी मन-ही-मन गुस्से के घूँट पीकर रह जाती।

जब दिपलू नहीं था तो सब 'रागिनी-रागिनी' किया करते थे। उसे खूब प्यार मिलता। सब उससे खूब बातें करते, घुमाते, टहलाते, चीजें दिलाते। गोद में लेकर प्यार से उछालते। वैसे, रागिनी को जब पता चला था कि उसके घर एक छोटा सा भैया आने वाला है तो वह कितना खुश हुई थी। उसने सोचा था—वह अपने भैया को खूब प्यार करेगी।...बिलकुल अपने गुड्डे की तरह।...नहीं, नहीं...गुड्डे से भी ज्यादा। गुड्डा तो बोल भी नहीं पाता। उसका भैया तो बातें किया करेगा। वह उससे खूब बातें किया करेगी। नई-नई बातें सिखाएगी। चीजें दिलाएगी।...और...और उसका नाम रखेगी दिपलू।...अरे, क्या-क्या नहीं सोचा था रागिनी ने इस दिपलू के लिए। उसे क्या पता था कि दिपलू के आते ही सब उसे प्यार करना ही छोड़ देंगे।

अब भला इसे प्यार कहेंगे। मम्मी पूछ लेती हैं, "खाना खाया?"

पापा पूछते हैं, "स्कूल का काम हो गया?"

दादी पूछती हैं, "जाग क्यों रही हो?...नींद नहीं आ रही क्या?"

दादा-दादी के पास तो जैसे कहानियाँ अब रहीं ही नहीं। दादा तो कुछ ठीक भी हैं, मगर

दादी को तो बस दिपलू ही सबकुछ दिखता है। उसे लगाएँगी गले से और गाने लगेंगी, 'आले मुन्ना! वाले मुन्ना! सो जा, सो जा, सो जा!'

आज का प्रसंग तो रागिनी की बरदाश्त से बाहर था। मम्मी-पापा दिपलू को लेकर शर्मा अंकल के घर जा रहे थे। रागिनी तैयार होने को हुई तो रोक दिया, ''तुम यहीं रहो, दादी के पास। टी.वी. देखो। हम लोग एक घंटे में आ जाएँगे।''

''मैं दादी के पास रहूँ। घर में ऊबूँ। और दिपलू?...वह मजे से आपके साथ घूमे।...मैं तो जैसे मर गई हूँ।'' रागिनी के मन का उबाल आँसुओं के रूप में फूट पड़ा।

पापा को उसकी बात पर गुस्सा आ गया था। वह चीख उठे, ''जितना प्यार तुझे करते हैं उतना ही सिर पर चढ़ी जा रही है। हर समय दिपलू को कोसा करती है।''

मम्मी न रोकतीं तो पापा रागिनी को पीट ही देते। वह रोती हुई भाग गई।

सुबकते-सुबकते वह कब सो गई, पता नहीं। आँखें खुलीं तो देखा—घड़ी में चार बजे थे। पापा-मम्मी अभी वापस नहीं लौटे थे। दादी बरामदे में बैठकर रामायण पढ़ रही थीं। रागिनी धीमे से उठी और चल दी। उसने तय कर लिया था कि अब उसे यहाँ नहीं रहना है। वह बाहर निकल गई। दादी को भनक तक नहीं लगी।

रागिनी सड़क पर भागते-भागते बहुत दूर निकल आई। थककर वह एक ओर बैठ गई। वह हाँफ रही थी। वह घर से तो चली आई थी, मगर अब उसे समझ में नहीं आ रहा था कि वह क्या करे? कहाँ जाए? अचानक उसे अपनी ही उम्र की एक लड़की दिखी। उसके कपड़े गंदे थे। वह हाथ फैलाए भीख माँग रही थी। रागिनी यह देखकर काँप सी गई। क्या... ? क्या अब उसका स्कूल जाना, अच्छी चीजें खाना, अच्छे कपड़े पहनना, अच्छी सहेलियों के साथ रहना—सबकुछ बंद हो जाएगा? यह सब सोचकर रागिनी रो पड़ी। उसे भूख भी सता रही थी।

तभी एक बूढ़ा व्यक्ति वहाँ आया। रागिनी को अकेले देखकर उसने पूछा, ''कहाँ जाओगी, बिटिया?''

रागिनी कोई उत्तर न दे सकी। वह और जोर से सुबक उठी।

''तुम्हारा घर कहाँ है? चलो, मैं तुम्हें छोड़ दूँ।''

''मैं घर नहीं जाऊँगी। मुझे कोई प्यार नहीं करता।''

''किसकी बिटिया हो तुम?''

''श्री रावेंद्र सक्सेना की। जिनका शिव ट्रेडर्स है।''

''मैं उन्हें नहीं जानता।...तुम मेरे घर चलोगी?''

रागिनी खुशी-खुशी चल दी।

बूढ़े के घर में केवल उसकी पत्नी थी। सारी बात जानकर उन्होंने कहा, ''तुम्हें अपने घर

से नहीं भागना चाहिए था।...वैसे, तुम यहाँ रहो। तुम्हें कोई तकलीफ नहीं होगी।''

रागिनी उनसे खूब बतियाई। खा-पीकर वह सो गई।

सुबह हुई। नहा-धोकर रागिनी ने चाय-नाश्ता किया। बूढ़े सज्जन ने कहा, ''आओ, बिटिया! मैं तुम्हें अपनी बागवानी दिखाऊँ।''

रागिनी ने देखा, वहाँ ढेर सारे पेड़-पौधे थे। कुछ पौधे तो बहुत छोटे थे। वे बहुत अच्छे लग रहे थे। कुछ क्यारियों पर बूढ़े ने हलकी-महीन चादर डाल रखी थी। रागिनी के पूछने पर उन्होंने बताया, ''इसमें मैंने टमाटर के बीज बोए हैं। इनसे छोटे-छोटे अंकुर निकल चुके हैं। ओस और धूप से बचाव के लिए मैंने इनपर यह चादर डाल रखी है।''

फिर कुछ रुककर उन्होंने कहा, ''क्या मुझे इन बड़े पौधों पर भी चादर डालनी चाहिए?''

''बिलकुल नहीं।'' रागिनी तुरंत बोली, ''ये पौधे अब बड़े हो चुके हैं। इन्हें छोटे पौधों जितनी देखभाल की जरूरत नहीं।''

''लेकिन बिटिया! इसका मतलब तो यह हुआ कि मैं इन बड़े पौधों से प्यार नहीं करता।''

रागिनी चुप रह गई।

बूढ़े सज्जन हँसे, ''हाँ-हाँ! यह बिलकुल तुम्हारी ही कहानी तो है। तुम्हारे मम्मी-पापा भी तो यही करते हैं।...देखो, बिटिया! प्यार का अर्थ यह नहीं कि हम किसी को वह सब दें, जिसकी जरूरत वास्तव में उसे है ही नहीं। अगर माँ-बाप हमेशा बच्चे को अँगुली पकड़ाकर चलते रहें तो वह खुद चलना कभी नहीं सीख पाएगा। चिड़िया अपने बच्चे को चोंच से तभी तक खिलाती है जब तक वह उड़ना नहीं सीख जाता। स्वावलंबन ऐसे ही आता है।''

रागिनी शांत होकर बूढ़े सज्जन की बात सुन रही थी। उन्होंने कहा, ''तुम बेकार ही अपने छोटे भाई से ईर्ष्या करती हो। वह अभी नन्हे पौधे जैसा है। उसे अधिक देखभाल और निगरानी की जरूरत है। बोलो, है न?''

रागिनी का सिर नीचे झुका था। वह धीमे से बोली, ''बाबा, मैं घर जाऊँगी।''

बूढ़े सज्जन से साइकिल निकाली। रागिनी को बिठाया और 'शिव ट्रेडर्स' की ओर चल पड़े। 'शिव ट्रेडर्स' बंद था। वहाँ से पता करके वह उनके घर पहुँचे।

सब परेशान थे। मम्मी और दादी का तो बुरा हाल था। रोते-रोते उनकी आँखें सूज गई थीं। पापा और दादाजी उसे खोजते-खोजते पस्त हो गए थे। दोनों बहुत बेचैन थे।

रागिनी को देखते ही सबने चैन की साँस ली। मम्मी ने उसे कलेजे से लगा लिया। सबने बूढ़े सज्जन को खूब धन्यवाद दिया।

रागिनी पश्चात्ताप से भर उठी। आज उसे पता लगा था कि सब उसे कितना प्यार करते हैं। वह मम्मी की गोद में दुबकते हुए बोली, ''मम्मी, मुझे माफ कर दीजिए।''

बूढ़ा व्यक्ति बोला, ''रागिनी बिटिया है तो होशियार। बस, एक कमी है।''

''क्या?''

''थोड़ी सी पागल है।''

यह सुनकर सब हँस पड़े।

मुक्ति का प्रतिदान

—'निष्काम'

आज की दुनिया में सोने-चाँदी और धन-दौलत की भूख किसको नहीं है? लोग इन्हें पाने और लूटने के लिए क्या-क्या पाप और अत्याचार नहीं करते? सच मानिए, पुराने समय में ऐसे लालची लोग बहुत ही कम यानी इने-गिने थे। उन्हीं दिनों एक धर्मात्मा ज्ञानीजी के पास दो मित्र सोने के सिक्कों से भरा एक थैला लेकर उपस्थित हुए।

समस्या यह थी कि उन दोनों में से कोई भी उस दौलत को लेने के लिए तैयार नहीं था। उन दोनों ने अपने बेटे और बहू को सोने से भरा वह थैला दान-दहेज में देना चाहा तो उन्होंने भी यह कहकर लेने से साफ मनाही की, ''जिस संपत्ति को पूर्वजों ने स्वीकार नहीं किया, उसे हम कैसे स्वीकार कर सकते हैं?''

अब ज्ञानीजी के सामने भी यह विकट समस्या थी। उन्होंने अपने चार शिष्यों को बुलाकर यही प्रश्न किया, ''यह चकाचौंध करनेवाली दौलत किसको दी जाए?''

एक ने कहा, ''यह संपत्ति इस देश के राजा को सौंप दी जाए, क्योंकि वही इस देश और धरती का स्वामी है।''

इसपर एक आगंतुक किसान मित्र ने यह कहकर विरोध किया, ''सोने से भरा वह थैला जिस खेत में निकला है, वह मेरा था, किंतु उस खेत को वास्तव में मेरा यह दोस्त जोतता-बोता था। मेरा यह कहना है कि यह संपत्ति भी इसी को मिले।''

दूसरे ने विरोध प्रकट किया, ''अचानक मिली हुई यह दौलत मेरे खून और पसीने की कमाई नहीं है, इसलिए मैं इसे स्वीकार करके ईश्वरीय न्याय और संपदा से विमुख नहीं होना

चाहता।''

ज्ञानीजी उन दोनों मित्रों के उदात्त विचारों से गद्गद हो उठे। अब उनकी प्रश्नवाची दृष्टि अपने दूसरे शिष्य की ओर उठी। उसका उत्तर था, ''नीति तो यह कहती है कि जब एक वस्तु लेनेवाला कोई न हो तो वह वस्तु किसी को दान कर दी जाए। यदि यह दान मुझे ही दे दिया जाए तो···''

आगे की बात उस शिष्य के गले में ही अटक गई, क्योंकि ज्ञानीजी उसे घूरने लगे थे। अब तीसरे शिष्य की बारी थी।

उसका कहना था, ''इस दौलत को फिर उसी जमीन में गाड़ दिया जाए।''

अब ज्ञानीजी ने उचाट होकर अपने सबसे छोटे शिष्य से पूछा, ''यदि तुम मेरी जगह होते तो कैसा न्याय करते ?''

शिष्य का यह भोला-भाला उत्तर गुरुजी को पसंद आया, ''मेरी आत्मा कहती है कि धरती माँ ने यह दौलत किसी शुभ कार्य या लोकहित के लिए दी है। क्यों न इस विस्तृत भूखंड में फलों से लदा हुआ ऐसा सदाबहार बाग लगाया जाए, जिससे तमाम थके-हारे बेसहारा गरीबों को फल मुफ्त में मिल सकें ?''

उसके शुभ विचार सभी के मन को भा गए। अस्तु, गुरुजी ने वह सारा सोना उसे सौंपकर उत्तम फलों के बीज खरीदने के लिए राजधानी की यात्रा का आदेश दे दिया।

कई दिनों की यात्रा करने के पश्चात् जब वह होनहार शिष्य राजधानी के चौक बाजार में सर्वोत्तम बीजों की तलाश में घूम रहा था तो गुजरते हुए ऊँटों के एक काफिले का शोर उसने अचानक सुना, जिसमें घोर करुण चीत्कार उन घायल और मौत से जूझते, दम तोड़ते हुए पक्षियों का था, जिन्हें उस कारवाँ का सरदार ऊँटों की पीठ पर जालों में फँसाकर खान साहब के महल की तरफ लिये जा रहा था। मौत से डरे, मरे-मरे से पक्षी मुक्ति के लिए छटपटा रहे थे।

उस उदार हृदय बालक से वह करुण क्रंदन नहीं देखा गया तो उसने सरदार से बातचीत की। उन निरीह पक्षियों को छोड़ देने का आग्रह सुनकर सरदार ने उसे ताना मारा, ''खान साहब इन चिड़ियों के भोजन के लिए पाँच सौ नकद स्वर्णमुद्राएँ देंगे। तुम्हारे पास क्या है, जो मैं इन्हें छोड़ दूँ ?''

सभी प्राणियों का दर्द समझनेवाले उस नन्हे बालक ने सोने के सिक्कों से भरे हुए थैले का मुँह उस लालची सरदार के आगे खोल दिया। उस सुनहली दौलत को देखकर सरदार की आँखें फैल गईं। बात-बात में सारे पक्षी मुक्त कर दिए गए।

अब वही शिष्य मन मारकर अपने गुरु के पास लौट रहा था। मुक्त हुए सभी पक्षी उसपर छाया करते और चहचहाते, गीत गाते से चल रहे थे। फिर भी उस नन्हे शिष्य के पैर यह सोचकर मानो जड़ होते जा रहे थे कि वह अपने गुरु को क्या उत्तर देगा ? क्या करने आया था और तैश में आकर क्या कर बैठा! इसी सोच में वह अभागा मृत्यु की कामना करते-करते थककर सो गया।

नींद में स्वप्न, स्वप्न में पक्षियों की मुक्त चहचहाहट के बीच उन पक्षियों की रंग-बिरंगी रानी उसके सीने पर फुदक-फुदककर जगा रही थी, ''उठो भोले-भाले, होनहार, दयालु साथी! अपने सभी दुःख भूल जाओ। हम सभी आजाद पक्षियों ने मिलकर पहले ही तुम्हारी उस विशाल भूखंड में तरह-तरह के फलों के बीज बो दिए हैं। उठो, आँखें खोलो और वहाँ जाकर देखो।''

अब उस लड़के ने जागकर उन मैदानों की ओर दौड़ना शुरू कर दिया। उसके आगे-पीछे और ऊपर तक न केवल पक्षियों की चहचहाहट-ही-चहचहाहट थीं, बल्कि वहाँ जाकर उसने

यह भी देखा कि दुनिया भर के तमाम पक्षी उसी स्तेषी में छाए हुए चोंचों ओर पंजों से धरती खोद रहे हैं, बीज बो रहे हैं।

उसके गुरु और अन्य एकत्र जन मुक्ति के इस प्रतिदान का करिश्मा देख-देखकर फूले ही नहीं समा रहे थे; बल्कि वे भी उस बागवानी में बढ़-चढ़कर हाथ बँटा रहे थे।

चारुप्रिया का चमत्कार

—नीलम राकेश

खुशी से चहकती हुई चारुप्रिया जब दादी की स्नेह-डोर से बँधकर गाँव पहुँची तो वहाँ के शांत परिवेश में स्पष्ट परिवर्तन दिखाई देने लगा। गाँव के पूर्वी छोर पर सतरंगे रंगों का जमघट दूर से ही दिखाई देने लगा। जैसे-जैसे वे गाँव के निकट आते गए, रंगों का यह जमघट आकृति ग्रहण करता गया। गाँव के लोग रंग-बिरंगे परिधानों में सजकर पूर्वी छोर पर एकत्र थे। प्रसन्नता से चारुप्रिया खिल उठी।

"अरे चाचा, आपने तो बताया ही नहीं था। गाँव में तो मेला लगा है। इस बार तो खूब मजा आएगा!"

चारुप्रिया के छोटे भाई आयुष ने बहन का समर्थन किया, "सच दीदी, बड़ा मजा आएगा! मैंने तो कभी गाँव का मेला देखा ही नहीं है।"

"अरे बच्चो, यह मेला नहीं है। हमारे गाँव में एक बहुत बड़े महात्मा आए हुए हैं। उन्हीं के दर्शन करने के लिए ये सब लोग आए हुए हैं। कल तुम लोगों को भी उनका दर्शन करा दूँगा; लेकिन अभी तो घर चलो। दादी तुम्हारा इंतजार कर रही हैं।" चाचा बोले।

दोनों भाई-बहनों को थोड़ी निराशा तो हुई, लेकिन दादी से मिलने के उत्साह में वे जल्दी-जल्दी चलने लगे। दादी के पास पहुँचकर तो उनकी बातों का कोई अंत ही नहीं था। ढेर सारी बातें और ढेर सारी पेट-पूजा। बातों के इसी क्रम में महात्माजी का जिक्र आया।

दादी श्रद्धा के साथ बताने लगीं, "बड़े पहुँचे हुए महात्मा हैं। हवा में हाथ हिलाते हैं तो उनके हाथ में भभूत आ जाता है।"

चारुप्रिया बोली, ''अच्छा, कोई चमत्कार ही करते हैं क्या?''

''हाँ-हाँ, बड़े दयालु हैं। हम सबके जेवर और पीतल के बरतन दुगुना करनेवाले हैं।''

आयुष की आँखें आश्चर्य से फैली रह गईं।

''कैसे, दीदी?''

''मुझे विश्वास नहीं होता।'' चारु ने गरदन हिलाकर कहा।

दादी पूरे विश्वास के साथ बोलीं, ''तुम बगलवाली काकी को जानती हो। उनकी सोने की जंजीर को महात्माजी ने अपने बक्से में डाला और दूसरे दिन दो जंजीर काकी को दे दीं। चाहो तो काकी के पास जाकर देख आओ।''

कुछ पल ठहरकर चारु ने पूछा, ''और भी किसी को कुछ दिया है?''

''अभी तो नहीं, लेकिन देने वाले हैं। आज मैंने महात्माजी की पेटी में अपने जेवर डाले हैं। कल सुबह गाँव के सभी लोग अपना सामान डालेंगे और परसों सुबह सबको दुगुना सामान महात्माजी देंगे।'' प्रसन्नता के साथ दादी ने बताया।

सुनते ही चारुप्रिया का माथा ठनका; परंतु वह जानती थी कि श्रद्धालुओं के आगे कुछ भी कहना व्यर्थ होगा। अचानक उसे गाँव के सुलझे हुए विद्वान् मास्टरजी का ध्यान आया। झटपट चारुप्रिया भाई के साथ उनसे मिलने चल दी। वे भी गाँव में घट रही घटनाओं से चिंतित थे। विज्ञान की छात्रा का साथ मिलते ही उन्होंने झटपट एक योजना बना डाली और जुट गए उसके कार्यान्वयन में।

चारुप्रिया वापस आकर चाची के पास गप्पें मारने लगी। तभी दादी दनदनाती हुई अंदर आईं।

''चारुऽऽ···चारु! यह सब मैं क्या सुन रही हूँ?''

''क्या दादी?'' अनजान बनते हुए चारु ने पूछा।

''क्या क्या? तेरे सपनेवाली बात?''

''ओह हो! इस शैतान आयुष से चुप नहीं रहा गया।''

''चारु, पूरे गाँव में, चर्चा है और तूने मुझे ही नहीं बताया!'' दादी का गुस्सा सातवें आसमान पर था।

''द···दादी मुझे लगा कि आपको विश्वास नहीं होगा, इसीलिए···'' चारुप्रिया ने सफाई दी।

''क्यों नहीं होगा विश्वास?···देवता आकर सपने में कोई बात कहें और कोई विश्वास न करे, कहीं ऐसा होता है क्या?'' दादी का गुस्सा अभी शांत नहीं हुआ था।

''कैसा सपना?'' चाची बीच में पूछ उठीं।

''चाची, देवी माँ ने सपने में मुझसे कहा कि तुम्हारी दादी बहुत पवित्र आत्मा हैं। इसलिए उनके बाग में पेड़ के नीचे मैं दर्शन दूँगी। तुम वहाँ जाकर पूजा करो।''

''सच? देवी माँ ने ऐसा कहा?'' चाची की आँखों में आश्चर्य तैर रहा था।

''हाँ, चाची। उसी दिन अचानक चाचा आ गए और हम लोग चाचा के साथ गाँव आ गए। मुझे लगता था कि मैं जिससे भी यह बात बताऊँगी, वही मुझपर हँसेगा। इसीलिए मैंने किसी को नहीं बताया। लेकिन शैतान आयुष भला कैसे चुप रहता! अभी बताती हूँ उसे, है कहाँ वो?''

दादी समझाते हुए बोलीं, ''ठीक तो किया उसने। देख, चाचा को तेरे पास अचानक भेजकर देवी माँ ने तेरे गाँव आने की व्यवस्था भी कर दी। है न?''

''हाँ, सो तो है।'' भोली बनती हुई चारुप्रिया बोली।

''चल बेटी, तू जल्दी से नहाकर वो जगह दिखा जो देवी माँ ने तुझे दिखाई थी। हम अभी से वहाँ पूजा आरंभ करेंगे।''

चारुप्रिया ने दादी की आज्ञा का पालन किया। कुछ देर बाग में भटकने के बाद अचानक वह बोली, ''दादी-दादी, यहीं पेड़ दिखा था मुझे सपने में। लाइए, मुझे आटा दीजिए, अल्पना बना दूँ।''

गाँव के श्रद्धालुओं की भीड़ पूरे मनोयोग से सारी क्रिया देख रही थी। सबने जल और फूल चढ़ाकर पूजा की। दो लालटेन वहाँ लाकर रख दी गईं। पूरी रात लोग वहाँ बैठकर भजन गाते रहे। प्रातः पुनः जल चढ़ाकर फूल अर्पित किए गए। दिन भर दर्शनार्थियों का मेला लगा रहा। साथ ही अखंड भजन का कार्यक्रम अगली रात भी चलता रहा।

भोर का प्रकाश फैलते ही भजन गाते हुए भक्तगण चकित रह गए। जमीन अचानक चटकने लगी थी। जितने स्थान पर अल्पना बनी थी, वह फूल गया था। सबके देखते-देखते जमीन चटक गई और वहाँ से एक देवी की मूर्ति दिखाई देने लगी। लोग जय-जयकार कर उठे। प्रसन्नता के मारे वे चारुप्रिया को ही पूजने लगे।

चारुप्रिया गंभीर स्वर में बोली, ''मुझे दिव्य दृष्टि से दिखाई दे रहा है कि पूर्वी छोर पर किसी महात्मा ने डेरा नहीं डाला है, वह कोई बहुरूपिया है। आप लोग उससे अपना सामान वापस ले लीजिए।''

देवी माँ का दर्शन करानेवाली चारुप्रिया पर सबका विश्वास अटल था। अतः कुछ लोग पूर्वी छोर की ओर दौड़ पड़े; किंतु कुछ ही देर में वे रोते-पीटते वापस आ गए और चारुप्रिया से प्रार्थना करने लगे। उनकी वर्षों की कमाई को लेकर वह बहुरूपिया गायब हो गया था।

उसी समय मास्टर साहब के साथ पुलिस इंस्पेक्टर वहाँ आए। उनके पीछे चार सिपाहियों के बीच बँधे हुए हाथ और झुके सिर के साथ वह बहुरूपिया भी था। लोग चकित होकर उन्हें देख ही रहे थे कि इंस्पेक्टर साहब बोले, ''बेटी चारु, पुलिस विभाग तुम्हारा आभारी है। एक शातिर चोर को पकड़ने में तुमने हमारी मदद की है।''

''मैंने तो जो कुछ किया, मास्टर साहब की प्रेरणा से किया। न मैंने कोई सपना देखा था, न ही मुझे कोई दिव्य दृष्टि प्राप्त है। मैं भी आप सबकी तरह एक साधारण इनसान हूँ। हाँ, विज्ञान का ज्ञान मेरे पास है।''

कई स्वर एक साथ उठे, ''बिना दिव्य दृष्टि के आपने कैसे जाना कि वह महात्मा नहीं, बहुरूपिया है?''

शांत स्वर में चारुप्रिया बोली, ''जैसे ही दादी ने मुझे बताया कि महात्माजी जेवर और

पीतल को दुगुना कर देने वाले हैं, वैसे ही मैं जान गई कि वह कोई बहुरूपिया ही है; क्योंकि यह असंभव कार्य है। यदि यह संभव होता तो लोग यही करके करोड़पति बन जाते।''

मास्टर साहब बीच में बोल पड़े, ''जैसे ही सुबह सब लोग इसके बक्से में अपना सामान डालकर चारु बिटिया के साथ भजन में लग गए, मैंने पुलिस की मदद से बहुरूपिए की घेराबंदी कर ली, क्योंकि पूरा सामान मिल जाने के बाद उसका भागना तो तय था।''

दादी ने पूछा, ''और धरती से देवी माँ की मूर्ति का प्रकट होना, वो कैसे संभव हुआ?''

''दादी, वह विज्ञान का चमत्कार था। देखिए, आपको वह जगह दिखाऊँ, जहाँ से मूर्ति प्रकट हुई है। उस स्थान को मास्टर साहब की मदद से खोदकर हमने उसे भीगे चने से भर दिया। उसके ऊपर मूर्ति रखकर मिट्टी से ढक दिया। पूजा के नाम पर हम जल चढ़ाते रहे। जमीन की गरमी और पानी पाकर चने अंकुरित हो गए, जिससे मूर्ति ऊपर आ गई और आप सबका विश्वास मुझे मिल गया।''

आश्चर्य से गाँववालों का मुँह खुला रह गया। विज्ञान कैसे-कैसे चमत्कार दिखाता है। ग्राम प्रधान, जो काफी देर से शांत थे, खड़े होकर बोले, ''मास्टर साहब, गाँव का प्रधान होने के नाते मैंने आज यह फैसला किया है कि पंचायत घर में रोज शाम को आप हम सब गाँव के बड़े-बुजुर्गों को पढ़ाएँगे और गाँव का हर बच्चा स्कूल जरूर जाएगा। देखिए, आज हमारे अनपढ़ होने के कारण ही यह बहुरूपिया हमें मूर्ख बनाकर ठग रहा था और अपनी पढ़ाई के ज्ञान के सहारे ही चारु बिटिया तथा मास्टर साहब ने हमें ठगे जाने से बचा लिया।''

सभी गाँववालों ने एक स्वर से प्रधानजी का समर्थन किया, ''हाँ, पढ़ाई का महत्त्व हमें आज समझ में आ गया है।''

चारुप्रिया और मास्टर साहब के इस अभियान की यह सबसे बड़ी सफलता थी।

याकोहामा

—परशुराम शुक्ल

राजन बहुत खुश था। उसने अपनी साइकिल उठाई और सीधे आलोक के घर पहुँचा। आलोक उसका सबसे अच्छा मित्र था और उसी के साथ पाँचवीं कक्षा में पढ़ता था। वे दोनों एक ही कॉलोनी में रहते थे। अतः राजन को आलोक के घर पहुँचने में दस मिनट भी नहीं लगे।

आलोक अपने घर के सामने ही खेल रहा था, इसलिए राजन को कॉलबेल बजाने की आवश्यकता नहीं पड़ी।

''हैलो आलोक!''

''अरे राजन! तुम!'' आलोक ने राजन को देखा तो खुशी से उछल पड़ा।

''आलोक! संजीव भाई साहब ने घर पर ही एक छोटा सा मुरगी-पालन केंद्र खोला है। कल सवेरे दस बजे उद्घाटन है। मैं तुम्हें इन्वाइट करने आया हूँ।'' राजन एक ओर साइकिल खड़ी करके हाथ मिलाते हुए बोला।

''वाह! फिर तो मजा आ जाएगा। कल छुट्टी भी है। हम लोग सारा-दिन वहीं मस्ती करेंगे।'' आलोक चहकते हुए बोला, ''और कौन-कौन आ रहा है?''

''मैं दिनेश, रोहन, दिव्या और अंशु के घर जा रहा हूँ। वे लोग भी जरूर आएँगे।'' कहते हुए राजन अपनी साइकिल की ओर बढ़ा।

''अरे! तुम अभी-अभी तो आए हो। रुकोगे नहीं?''

''नहीं आलोक! मुझे बहुत से लोगों को इन्वाइट करने उनके घर जाना है, और कुछ दूसरे

काम भी हैं।''

''ओ.के. ! कल मिलेंगे।'' आलोक ने हाथ हिलाकर राजन को विदा किया और अपने घर के भीतर आ गया।

राजन के सभी मित्र पास-पास ही रहते थे। केवल दिव्या का घर दूर था। अत: वह आलोक के बाद दिनेश, रोहन और अंशु के घर गया तथा अंत में दिव्या के घर पहुँचा। दिव्या घर पर नहीं थी। अत: उसने कुछ देर दिव्या के पापा से बात की और फिर दिव्या को भेजने का आग्रह करके वह वापस आ गया।

राजन का परिवार बहुत छोटा था। पापा-मम्मी और बड़े भैया संजीव। राजन के पापा डॉ. चंद्रप्रकाश पशु-पक्षियों के डॉक्टर थे और पिछले वर्ष सेवानिवृत्त होकर झाँसी आ गए थे। झाँसी में मेडिकल कॉलेज रोड पर उनका बहुत बड़ा प्लॉट था। उसी प्लॉट पर उन्होंने छोटा सा मकान बनवा लिया था और अब बड़े बेटे संजीव के बी.एस-सी. कर लेने के बाद यहीं पर उसके लिए मुरगी-पालन केंद्र का शुभारंभ करने जा रहे थे। डॉ. चंद्रप्रकाश का विश्वास था कि आजकल के पढ़े-लिखे लड़के-लड़कियों को नौकरी की बजाय अपना व्यवसाय आरंभ करना चाहिए।

डॉ. चंद्रप्रकाश ने मकान के पीछेवाले भाग में एक बड़ा सा शेड बनवाया था। इसी शेड में मुरगियों के दड़बे थे। शेड के बाहर एक बड़ा सा बोर्ड लगा था—'संजीव मुरगी-पालन केंद्र'। डॉ. चंद्रप्रकाश को मुरगे-मुरगियों के संबंध में काफी जानकारी थी और उन्होंने इनपर कई वर्षों तक शोध-कार्य किया था। वह अपने मुरगी-पालन केंद्र में मुरगी-पालन के साथ ही जापान की तरह विलक्षण मुरगे-मुरगियाँ तैयार करना चाहते थे। इसीलिए उन्होंने मुरगी-पालन केंद्र के निर्माण में विशेष रुचि ली थी और इसे वैज्ञानिक ढंग से तैयार करवाया था।

'संजीव मुरगी-पालन केंद्र' का उद्घाटन दस बजे होना था; किंतु राजन के सभी मित्र नौ बजने के पहले ही आ गए। छुट्टी के कारण वे पूरा दिन मौज-मस्ती करना चाहते थे। उन्हें मुरगे-मुरगियों में तो कोई रुचि थी नहीं।

'संजीव मुरगी-पालन केंद्र' का उद्घाटन कब हुआ ? मुख्य अतिथि ने क्या भाषण दिया ? मेहमान कब आए ? कब गए ? इसका पता राजन और उसके मित्रों को चला ही नहीं। वे तो एक-दूसरे के साथ गपशप करने और खेलने में मस्त रहे।

मेहमानों के जाने के बाद राजन अपने मित्रों को मुरगियाँ दिखाने ले गया। सभी मुरगियाँ और मुरगे एक जैसे थे। अत: दिनेश और अंशु जल्दी ही बोर हो गए; किंतु रोहन और दिव्या एक-एक दड़बे को बड़े ध्यान से देख रहे थे। कुछ देर बाद दिव्या की नजर एक मुरगी पर पड़ी। वह एक सीधी-सादी मुरगी थी। उसे कोई भी मुरगी चोंच मार देती थी, लेकिन वह किसी को चोंच नहीं मार रही थी।

''रोहन! तुम भी उस मुरगी को देख रहे हो न? वह कितनी सीधी है!'' दिव्या रोहन को खींचती हुई बोली।

''लेकिन उसे सभी मुरगियाँ क्यों चोंच मार रही हैं? और वह किसी को चोंच क्यों नहीं मारती?'' रोहन ने दिव्या से एक साथ दो प्रश्न किए।

''मुझे नहीं मालूम।'' दिव्या कुछ गंभीर होते हुए बोली, ''चलो, अंकल से पूछते हैं।''

तभी रोहन और दिव्या के कानों में राजन की आवाज टकराई, ''चलो रोहन और दिव्या, खाना तैयार है। पापा बुला रहे हैं।''

राजन के साथ अंशु और दिनेश भी थे। सभी ने साथ-साथ हाथ-मुँह धोए और खाना खाने बैठ गए। मेज पर खाना तैयार रखा था। गरम-गरम पूरियाँ-कचौड़ियाँ, आलू-पनीर की रसदार सब्जी, भिंडी की सूखी सब्जी, पापड़ और खीर। खाना देखते ही सबकी भूख दुगुनी हो गई और वे खाने पर इस तरह टूट पड़े जैसे भारतीय सेना अपने शत्रुओं पर टूटती है।

राजन, दिनेश, रोहन, अंशु और दिव्या के पास ही दूसरी टेबल पर डॉ. चंद्रप्रकाश, संजीव और राजन की मम्मी भोजन कर रही थीं।

''अंकल! हम लोग आपसे मुरगे-मुरगियों के बारे में कुछ जानना चाहते हैं। अभी मैंने और रोहन ने…'' दिव्या डॉ. चंद्रप्रकाश से कुछ पूछने ही जा रही थी, लेकिन उसकी बात अधूरी रह गई।

''दिव्या! पापा खाना खाते समय बोलते नहीं।'' राजन उसकी बात काटते हुए बोला।

बच्चों को जब यह मालूम हुआ कि डॉ. चंद्रप्रकाश खाना खाते समय बोलते नहीं तो फिर किसी ने भी बात नहीं की।

खाना खाने के बाद सब ड्राइंगरूम में आ गए।

''हाँ, बच्चो! अब बताओ, तुम लोग मुरगे-मुरगियों के बारे में क्या जानना चाहते हो?'' डॉ. चंद्रप्रकाश एक आरामकुरसी पर बैठते हुए बोले।

''अंकल! मुरगे-मुरगियाँ तो हम लोगों ने बहुत देखे हैं, लेकिन ये कितने प्रकार के होते हैं? इन्हें पालने का काम कब आरंभ हुआ? ये कहाँ-कहाँ पाए जाते हैं? इन सब बातों की कोई जानकारी हम लोगों को नहीं है। आप हमें इन्हीं सबके बारे में बताइए।'' दिनेश बोला।

इस समय रोहन और दिव्या बाहर अपने हाथ धो रहे थे, वरना वे भी एक साथ ढेर सारे प्रश्न पूछते।

''बच्चो! मुरगे का वैज्ञानिक नाम गैलस गैलस है। यह एक अत्यंत प्राचीन पक्षी है और इसे पालने का कार्य लगभग पाँच हजार दो सौ वर्षों से हो रहा है। भारत में लगभग चार हजार वर्ष पहले और चीन एवं मिस्र में लगभग तीन हजार वर्ष पहले मुरगी-पालन आरंभ हुआ। दक्षिण-

पूर्वी यूरोप में मुरगा-पालन सबसे बाद में आरंभ हुआ। यहाँ केवल सत्ताईस सौ वर्षों से मुरगा-पालन हो रहा है। पक्षी वैज्ञानिकों के अनुसार, मुरगा-पालन सर्वप्रथम यूनान में आरंभ हुआ। यूनान के लोग मुरगों द्वारा शगुन-अशगुन मालूम करते थे। इसके लिए मुरगों के दड़बे में दाना डाल दिया जाता था और उन्हें दूर से देखा जाता था। यदि मुरगे खूब खाते थे तो शगुन होता था और यदि वे खाने में रुचि नहीं लेते थे तो इसे अशगुन माना जाता था।'' इतना कहकर डॉ. चंद्रप्रकाश ने गहरी साँस ली और फिर मुड़कर देखा।

रोहन और दिव्या हाथ धोकर आ गए थे और चुपचाप राजन के पास की खाली जगह पर बैठ गए थे।

डॉ. चंद्रप्रकाश कुछ पल के लिए रुके और फिर उन्होंने अपनी बात आगे बढ़ाई, ''इसके बाद मुरगों का उपयोग बलि के लिए किया जाने लगा। यह बलि देवी-देवताओं को प्रसन्न करने के लिए दी जाती थी। इसी समय कुछ देशों में मनोरंजन के लिए मुरगा-पालन आरंभ हुआ। लोग मुरगे पालते थे, उन्हें खिला-पिलाकर मोटा-तगड़ा बनाते थे और फिर उन्हें आपस में लड़ाते थे। मुरगे लड़ाने का खेल आज भी भारत की अनेक जनजातियों में देखा जा सकता है। आज से लगभग चौबीस सौ वर्ष पूर्व एथेंस में मुरगों-मुरगियों का पालन मांस और अंडों के लिए आरंभ हुआ तथा शीघ्र ही पूरे एथेंस में लोकप्रिय हो गया। वहाँ से मुरगा इटली पहुँचा और फिर रोमन साम्राज्य के विस्तार के साथ ही वह पूरे यूरोप में फैल गया। मुरगा विश्व में जहाँ कहीं भी पहुँचा वहाँ एक उपयोगी पक्षी सिद्ध हुआ। इसका मांस एवं अंडे सभी उपयोगी थे; किंतु एक लंबे समय तक यह एक घरेलू पक्षी बना रहा। मुरगे का वास्तविक उपयोग बीसवीं सदी के पहले दशक में आरंभ हुआ। इस व्यवसाय ने बड़ी तेजी से प्रगति की और लगभग पचास वर्षों में यह अंतरराष्ट्रीय स्तर पर फैल गया। आजकल विश्व के विकसित देशों में मुरगे-मुरगियों को वातानुकूलित दड़बों में रखा जाता है और उन्हें स्वचालित ढंग से भोजन-पानी आदि दिया जाता है।

''अंकल! आपकी बातों से ऐसा लगता है कि मुरगा विदेशी पक्षी है। यदि ऐसी बात है तो यह बताइए कि भारत में मुरगा कहाँ से आया?'' अंशु ने प्रश्न किया।

''बेटी! तुम्हारी बात पूरी तरह गलत है। मेरी बात ध्यान से सुनो। तुम्हारे प्रश्नों के उत्तर मिल जाएँगे।'' डॉ. चंद्रप्रकाश ने अंशु को समझाया और फिर अपनी बात आगे बढ़ाई, ''बच्चो! मुरगा सागर-तल से लेकर पंद्रह सौ मीटर तक की ऊँचाईवाले भागों में पाया जाता है। सामान्यतया मुरगे दो प्रकार के होते हैं—जंगली मुरगा और पालतू मुरगा। जंगली मुरगा हिमालय के तराई क्षेत्र से लेकर जावा तक पाया जाता है। यहीं से यह विश्व के अन्य भागों में पहुँचा और यहीं से पालतू मुरगे की उत्पत्ति हुई। भारत में जंगली मुरगा हिमालय के तराईवाले क्षेत्रों के साथ-ही-साथ बंगाल के पूर्वी भागों, उत्तर प्रदेश तथा मध्य प्रदेश में बहुतायत से मिलता है। यह राजस्थान के पश्चिमी भागों और दक्षिण भारत में भी पाया जाता है; किंतु कच्छ, काठियावाड़ और पंजाब में बहुत कम मिलता है। जंगली मुरगा जंगलों में नहीं रहता। यह उन स्थानों पर रहना अधिक पसंद करता है, जहाँ आस-पास गाँव अथवा खेत हों।'' इतना कहकर डॉ. चंद्रप्रकाश कुछ पल के लिए रुके और फिर बोले, ''बच्चो! विश्व में लगभग सौ प्रकार के मुरगे देखने को मिलते हैं। इनमें कुछ का उपयोग केवल मांस के लिए किया जाता है और कुछ का उपयोग केवल अंडों के लिए। सभी मुरगों के पंख इस प्रकार के होते हैं कि वे न तो लंबी दूरी तक उड़ सकते हैं और न ही अधिक ऊँचाई तक।''

''अंकल, अंकल! अब आप मेरे एक प्रश्न का उत्तर दीजिए। अभी मैंने और रोहन ने एक

ऐसी मुरगी देखी जिसे दड़बे की सब मुरगियाँ चोंच मार रही थीं, लेकिन वह किसी को चोंच नहीं मार रही थी। ऐसा क्यों?'' दिव्या ने आश्चर्य प्रकट करते हुए पूछा।

''दिव्या! तुमने बहुत अच्छी बात पूछी है। यदि कुछ मुरगियों को एक दड़बे में बंद कर दिया जाए तो मुरगियाँ चोंच मारती हैं; किंतु कौन सी मुरगी किसे चोंच मारती है और किसे नहीं मार सकती, इस बात का पता सन् 1922 में पालतू मुरगियों पर किए गए एक प्रयोग से चला। इस प्रयोग में एक-दूसरे से अपरिचित बारह मुरगियों को एक दड़बे में बंद किया गया। वे मुरगियाँ कुछ देर तो शांत रहीं, फिर उन्होंने जोड़े बना लिये और आपस में लड़ने लगीं। प्रत्येक जोड़े की एक मुरगी ने लड़कर दूसरी मुरगी को परास्त कर दिया और इस प्रकार कुछ मुरगियाँ विजेता बन गईं। कुछ जोड़ों में एक साथी ने दूसरे से लड़ने से इनकार कर दिया। इस स्थिति में न लड़नेवाली मुरगी परास्त मानी गई और लड़नेवाली विजेता हो गई। इस प्रकार कुछ मुरगियाँ अपनी शक्ति के बल पर विजेता बनीं तथा कुछ अपने प्रतिद्वंद्वी के आत्मसमर्पण के द्वारा विजेता बनीं। इसके बाद विजेता मुरगियों ने जोड़े बना लिये और आपस में लड़ने लगीं। इस लड़ाई में भी आधी मुरगियाँ विजेता बनीं तथा आधी पराजित हो गईं। इस प्रकार यह लड़ाई तब तक चलती रही जब तक एक मुरगी सबकी विजेता नहीं बन गई। एक मुरगी के विजेता बनने के बाद लड़ाई बंद हो गई और सभी मुरगियों में एक सामाजिक व्यवस्था बन गई। इस व्यवस्था में यह देखा गया कि विजेता मुरगी को कोई चोंच नहीं मार सकता था, जबकि विजेता मुरगी सभी को चोंच मार सकती थी। इसी तरह जो मुरगी सभी से पराजित हो चुकी थी, वह किसी को चोंच नहीं मार सकती थी; जबकि उसे सभी मुरगियाँ चोंच मार सकती थीं। इस व्यवस्था की एक अन्य विशेषता यह थी कि इसमें कोई भी मुरगी लड़कर अपना स्थान बदल सकती थी, किंतु बिना लड़े उनकी स्थिति पूर्ववत् ही रहती थी। अधीनता और आधिपत्य का यह एक सामान्य नियम है तथा मानव सहित प्रायः सभी जीवों में पाया जाता है; किंतु इसकी खोज सर्वप्रथम मुरगियों में की गई।''

इतना कहकर डॉ. चंद्रप्रकाश एक पल के लिए रुके और फिर बोले, ''दिव्या! मैं समझता हूँ कि तुमने सबसे पराजित होनेवाली मुरगी देखी होगी।''

''अंकल! आप ऐसे ही किसी और एक्सपेरिमेंट के विषय में बताइए, जिसमें···'' दिव्या की बात अधूरी रह गई।

''अंकल, अंकल! कुछ देर पहले आप जापानी मुरगे की बात कह रहे थे। कृपया जापानी मुरगे के बारे में कुछ बताइए।'' दिव्या की बात काटते हुए रोहन बोला।

''ठीक है, बच्चो! मैं तुम्हें एक विशेष जापानी मुरगे याकोहामा के बारे में बताऊँगा। जापान के जीव वैज्ञानिकों ने विभिन्न प्रकार के हॉरमोंस का उपयोग करके संकरण पद्धति (क्रॉस ब्रीड) से चिड़ियाघरों के लिए अनेक प्रकार के मुरगे तैयार किए हैं। इनमें याकोहामा को अंतरराष्ट्रीय

स्तर पर ख्याति प्राप्त हुई है। यह एक अद्‌भुत मुरगा है। इसकी कलँगी और गले के सामने की मॉसल थैलीवाले भाग को छोड़कर पूरा शरीर सफेद है। इसकी सबसे बड़ी विशेषता यह है कि इसकी दुम बीस फीट लंबी है। यही इसका सबसे बड़ा आकर्षण है, जिसने इसे विश्व का एक अद्‌भुत दर्शनीय पक्षी बना दिया है। यह जब गोल-गोल घूमता है तो इसके चारों ओर इसकी पूँछ का एक गोल घेरा-सा बन जाता है। और जब यह किसी एक दिशा में भागता है तो इसकी पूँछ एक लंबी सफेद रस्सी की तरह इसके पीछे-पीछे चलती है। याकोहामा उड़ भी सकता है। जब कभी यह उड़कर किसी वृक्ष पर बैठता है तो इसकी पूँछ जमीन छूती रहती है।''

''अंकल! आपने मुरगी-मुरगों के संबंध में बड़ी रोचक और ज्ञानवर्धक जानकारियाँ दी हैं। इसके लिए आपको बहुत-बहुत धन्यवाद।'' कहते हुए दिव्या खड़ी हो गई। संभवतः उसे जल्दी घर जाना था।

दिव्या के साथ ही राजन के सभी मित्र—दिनेश, रोहन, अंशु आदि बाहर आ गए।

डॉ. चंद्रप्रकाश और राजन ने उन्हें हाथ हिलाकर विदा किया।

दावत महँगी पड़ी

—पवन कुमार वर्मा

नदी के किनारे नीम का हरा-भरा एक पेड़ था। पेड़ पर एक कौआ रहता था। पूरे दिन वन में इधर-उधर घूमना ही उसका काम था। उसके अंदर एक बहुत बड़ी कमी थी। उसे इधर की बात उधर और उधर की बात इधर करने में बड़ा आनंद आता था। अपनी इस आदत से उसने वन के कई जानवरों में मतभेद पैदा करा दिया था।

वन की रानी शेरनी ने कुछ दिन पहले ही दो बच्चों को जन्म दिया था। इस खुशी में महाराज सिंहराज ने वन के सभी पशु-पक्षियों को भोजन पर आमंत्रित कर रखा था।

आज पूरे वन में उत्सव जैसा वातावरण था। सभी सवेरे से तैयारी में जुटे थे। कौआ भी तैयारी में लगा था; लेकिन उसके सामने एक समस्या थी। उसके पास पहनने के लिए ढंग के कपड़े नहीं थे। उसकी समझ में नहीं आ रहा था कि वह क्या करे? जिस नीम के पेड़ पर वह रहता था, उसी पेड़ पर एक कोयल का भी घोंसला था। कौए को यह बात भलीभाँति मालूम थी कि कोयल ने कुछ दिन पहले ही एक नए कपड़े का जोड़ा खरीदा है। वह कपड़ा उसने कौए को भी दिखाया था। कौए को वह जोड़ा बहुत पसंद आया था। उसने मन-ही-मन सोचा कि वह अगर वह नया जोड़ा पहनकर सिंहराज के यहाँ जाए तो सब उसे देखते रह जाएँगे; लेकिन समस्या थी कि कैसे वह जोड़ा प्राप्त किया जाए? वह उस जोड़े को प्राप्त करने के उपाय सोचने लगा।

थोड़ी ही देर में उसके दिमाग में एक विचार आया। वह अपने घोंसले में बैठकर कोयल का ध्यान अपनी ओर खींचने का प्रयत्न करने लगा। एकाएक कोयल का ध्यान कौए की ओर गया।

''क्या बात है, भैया ? आज सिंहराज के यहाँ भोजन में नहीं चलना है ?'' कोयल ने कौए से पूछा।

''नहीं।'' कौए ने जवाब दिया।

''लेकिन क्यों ?'' कौए के जवाब से कोयल आश्चर्य में पड़ गई। आखिर सिंहराज के यहाँ दावत थी।

''हमें ऐसी जगह जाना कतई ठीक नहीं लगता, जहाँ हमें कोई महत्त्व ही न मिले।'' कौआ अपनी योजनानुसार बोला।

''अब पहेलियाँ बुझाना छोड़ो और पूरी बात बताओ।'' उसकी बातों ने कोयल की भी उत्सुकता बढ़ा दी थी।

''क्या बताऊँ, बहन ? कल शाम मैं सिंहराज के यहाँ गया था। उन्होंने आज की दावत के बारे में हमें बताया। बहन! मुझे उस समय बहुत दुःख हुआ, जब सिंहराज ने बताया कि वन के जानवरों के मनोरंजन के लिए कोयल मीठा गीत सुनाएगी और उसके साथ वन के सभी पक्षी नृत्य करेंगे। और तो और, उनके बाद ही हमें भोजन करना होगा।'' कौआ झूठा क्रोध दिखाते हुए बोला।

''कौआ भैया! सिंहराज तो कहते हैं कि उनके लिए वन के सभी जानवर और पक्षी एक समान हैं। फिर यह भेदभाव क्यों ?'' कोयल कौए की बात सुनकर नाराज हो गई।

''तुम ठीक कहती हो, बहन! मैंने भी उनसे यही कहा। मैंने तो यहाँ तक कहा कि कोयल के गाने के बाद सब एक साथ भोजन करें, लेकिन सिंहराज इसके लिए कतई भी तैयार नहीं थे।'' कौए ने उसके क्रोध को और भड़का दिया।

''तो ठीक है भैया! हमें वहाँ कतई नहीं जाना चाहिए।'' कोयल ने भी सिंहराज के यहाँ न जाने का फैसला कर लिया।

कौआ थोड़ी देर तक तो चुप रहा, फिर बोला, ''लेकिन बहन! मेरे सामने तो एक और भी समस्या है।''

''वह क्या भैया ?'' कोयल ने उससे पूछा।

''बहन! सिंहराज ने मुझे अपनी गुफा को चारों ओर से पत्तियों एवं फूलों से सजाने का काम सौंपा है। अगर मैं वहाँ नहीं जाऊँगा तो वे नाराज होंगे।...लेकिन बहन! तुम थोड़ी भी चिंता मत करना। मैंने भी तय कर लिया है कि मैं सिंहराज के यहाँ भोजन में कतई शामिल नहीं होऊँगा। बस! उनकी गुफा सजाने के बाद कोई-न-कोई बहाना बनाकर मैं वापस लौट आऊँगा।'' कोयल का विश्वास जीतने की कोशिश में कौआ लग गया था।

''तुम जरूर जाओ, भैया! लेकिन जल्दी लौट आना।'' कोयल ने उससे कहा।

"लेकिन बहन! वहाँ तो बड़े-बड़े जानवर और पक्षी सुबह से ही सिंहराज की सेवा में लगे होंगे। सभी अच्छे-अच्छे कपड़े पहने होंगे। मेरे पास तो पहनने के लिए ढंग के कपड़े भी नहीं हैं।" कौआ बड़ी मायूसी से बोला।

"तुम्हें मैं अच्छे कपड़े देती हूँ, भैया!" इतना कहकर कोयल ने अपने नए कपड़े के जोड़े कौए को पहनने को दे दिए।

कौए की चाल सफल हो गई। उसने नए कपड़े पहने और चल पड़ा सिंहराज की गुफा की ओर। पूरे दिन वह सिंहराज की सेवा में लगा रहा।

शाम ढलने लगी थी। मेहमानों का आना प्रारंभ हो गया। सिंहराज को कोयल की याद

आई। उन्होंने कौए को बुलवाया और पूछा, ''कोयल अब तक क्यों नहीं आई? हमारे मेहमान आने लगे हैं।''

''क्या बताऊँ, महाराज! मैंने उससे चलने के लिए कहा था, लेकिन उसने साफ इनकार कर दिया। कहने लगी—जब तक सिंहराज हमें लेने स्वयं नहीं आते तब तक हम वहाँ कतई नहीं जा सकते।'' कौआ सिंहराज को कोयल के विरुद्ध भड़काने लगा।

सिंहराज क्रोध से तमतमा उठे। उन्होंने मन-ही-मन कोयल को सबक सिखाने की ठान ली। कोयल के न आने का कारण कोई भी जान न सका।

सभी लोगों के आ जाने पर सिंहराज ने सबको भोजन शुरू करने को कहा। सभी लोग खाने में जुट गए। नन्ही गौरैया को जल्दी घर पहुँचना था। उसके छोटे-छोटे बच्चे उसकी प्रतीक्षा कर रहे थे। उसने झटपट अपना भोजन समाप्त किया और सिंहराज से आज्ञा लेकर घर की ओर चल पड़ी।

कोयल अभी तक कौए के न लौटने पर परेशान थी। अचानक उसकी नजर गौरैया पर पड़ी। उसने उसे जोर से आवाज लगाई।

''क्या बात है, दीदी? तुम सिंहराज के यहाँ भोजन में नहीं गईं।'' कोयल ने गौरैया से पूछा।

''वहीं से तो आ रही हूँ। तुम क्यों नहीं वहाँ आईं?'' गौरैया ने कोयल से बड़े आश्चर्य से पूछा।

''दीदी! जहाँ हमारी कोई पूछ न हो वहाँ जाना बेकार है। सिंहराज से भेदभाव की हमें आशा न थी।'' इतना कहकर उसने कौए द्वारा कही गई सारी बातें गौरैया को बता दीं।

''लेकिन वहाँ तो ऐसी कोई बात नहीं थी। हम सबने साथ-साथ भोजन किया।...और तो और, तुम्हारे कौए भैया भी खूब डटकर भोजन कर रहे हैं।'' इतना कहकर वह गौरैया वहाँ से उड़ गई।

अब कोयल को सारी बातें समझ में आ गईं। उसने समझ लिया कि अगर वह सिंहराज के यहाँ आज नहीं गई तो बात बिगड़ भी सकती है। जैसे-तैसे तैयार होकर वह सिंहराज की गुफा की ओर उड़ चली।

वहाँ पहुँचकर वह चुपके से रानी शेरनी के पास गुफा के अंदर चली गई। रानी उसे देखकर आश्चर्य में पड़ गई। कोयल ने अपने न आने का कारण उन्हें बताया। उसकी बातें सुनकर रानी शेरनी कौए पर बहुत क्रोधित हुई, लेकिन कोयल ने उन्हें कुछ भी करने से मना कर दिया। वह कौए को सबक सिखाना चाहती थी।

रानी शेरनी गुफा से बाहर आईं। उन्हें देखकर वन के जानवर एवं पक्षियों ने उन्हें अभिवादन किया।

''आप लोगों के आने से हमें बड़ी प्रसन्नता हो रही है; लेकिन पता नहीं क्यों, कोयल नहीं आई?''

उनके इतना कहते ही कौआ बिफर पड़ा। उसने कोयल को काफी भला-बुरा कहना शुरू कर दिया। वन के जानवर भी उसकी हाँ में हाँ मिलाने लगे।

''नहीं! ऐसा नहीं है। बेचारी के साथ बहुत बड़ा धोखा हुआ है। किसी ने उसे अपनी बातों में बहका कर मूर्ख बनाया है। और तो और, उसने उसके कपड़े भी धोखे से ले लिये। क्या आप लोग जानना चाहते हैं, यह सब क़िसने किया? तो सुनिए! यह सब इसी कौए के कारण हुआ। इसने जो कपड़े पहन रखे हैं, वे भी उसी कोयल के हैं।'' रानी शेरनी बुरी तरह क्रोध में बोलीं।

कौए को इसकी उम्मीद कतई नहीं थी। उसका चेहरा शर्म से झुक गया।

रानी शेरनी ने कहा, ''वह कोयल मेरी गुफा में है। मैं उसे अभी बुलाती हूँ।''

कोयल को देखते ही कौआ सन्न रह गया। उसे अब वहाँ थोड़ी देर भी रुकना भारी लग रहा था।

जानवर एवं पक्षी उसकी हँसी उड़ा रहे थे। वह वहाँ से भाग खड़ा हुआ।

फिर तो सभी ने कोयल का मीठा गीत सुना। सिंहराज की दावत को चार चाँद लग गए। अपने घोंसले में लौटने पर कोयल को अपने कपड़ों का जोड़ा पड़ा मिला, लेकिन कौआ अपने घोंसले में नहीं दिखा। उसने वह वन हमेशा के लिए छोड़ दिया था।

यह दीपावली

—पवित्रा अग्रवाल

मेरे दोस्त नंदू के पिता पटाखों का व्यापार करते हैं। उनका थोक का काम है। एक बार मुझसे नंदू ने कहा था, 'जब पटाखे लेने हों तो मेरे साथ चलना, मैं पापा से कहकर सस्ते दिलवा दूँगा। बाजार में यही पटाखे दुगुनी कीमत पर मिलेंगे।' मैंने पटाखों के लिए दो सौ रुपए मम्मी से लिये और दो सौ रुपए मैंने अपने जेब-खर्च में से बचाए थे। वह भी जेब में रखकर नंदू के घर की ओर चल दिया।

नंदू के घर एक औरत (जो मुझे उनकी कामवाली बाई लग रही थी) बैठकर रो रही थी। वह नंदू की बहन से तीन सौ रुपए उधार माँग रही थी। नंदू की बहन ने कहा, "बाई, बच्चे को सरकारी दवाखाने में ले जाना चाहिए था। वहाँ डॉक्टर की फीस भी नहीं देनी पड़ती और इलाज भी मुफ्त हो जाता। जब इलाज के लिए रुपए नहीं थे तो प्राइवेट अस्पताल में बच्चे को क्यों भरती करा दिया?"

"बहनजी, पहले मैं सरकारी दवाखाने ही गई थी। डॉक्टर साहब वहाँ नहीं थे। उनका इंतजार करती तो मेरा बेटा मर जाता। उसकी हालत बहुत खराब है। उसे सुबह से उलटी और दस्त हो रहे हैं। मैं काम पर गई हुई थी। घर जाकर जब उसकी हालत देखी तो घबरा गई और जल्दी से अस्पताल लेकर भागी।...मजबूरी में मुझे प्राइवेट दवाखाने जाना पड़ा। डॉक्टर साहब ने परचा लिखकर दवाएँ जल्दी लाने को कहा है। उसे ग्लूकोज चढ़ाना है।...मुझे जल्दी से तीन सौ रुपए दे दो।"

"देखो बाई, मैं तुमसे पहले भी कह चुकी हूँ कि मम्मी घर पर नहीं हैं। हमारे यहाँ काम

करते अभी तुम्हें दस दिन हुए हैं। उनसे बिना पूछे तुम्हें तीन सौ रुपए कैसे दे दूँ? तुम इंतजार कर लो। मम्मी थोड़ी देर में आती होंगी।''

''पर मैं इंतजार नहीं कर सकती। तब तक तो मेरा बेटा मर जाएगा। मैं जाती हूँ। दूसरी जगह कोशिश करके देखती हूँ।'' वह आँसू पोंछती हुई घर से बाहर निकल गई।

मैंने उसे रोककर डॉक्टर का परचा दिखाने को कहा। उसने वह परचा दिखाया। परचा देखकर मैंने कहा, ''तुम मेरे साथ चलो, मैं दवाएँ अभी दिलवा देता हूँ। फिर तुम्हारे साथ डॉक्टर के पास भी चलूँगा। तुम्हारे पति कहाँ हैं?''

वह लंबी आह भरकर बोली, ''वह मजदूरी करता है। रोज काम नहीं मिलता। कभी

मिलता भी है तो उसे शराब पीने में उड़ा देता है। सुबह का गया रात को नशे में धुत होकर लौटता है।...नाम का पति है। उसकी रोटी का जुगाड़ भी मुझे ही करना पड़ता है।''

दवाएँ लेकर हम डॉक्टर साहब के पास पहुँचे तो कंपाउंडर बोला, ''तुमने बहुत देर कर दी।''

''तो क्या मेरा बेटा...''

''परेशान मत हो। तुम्हारा बेटा ठीक है। डॉक्टर साहब ने अपने पास से इंजेक्शन लगाया है। ग्लूकोज भी उसे चढ़ाया जा रहा है।''

''क्या करती साहब, घर में एक पैसा नहीं था। कहीं से इंतजाम भी नहीं कर पाई। देवदूत की तरह यह बच्चा मुझे मिल गया। मेरा दुखड़ा सुनकर इसी ने मुझे सब दवाएँ खरीदकर दी हैं। मैं तो इसे जानती भी नहीं हूँ और न यह मुझे जानता है। दीपावली के लिए पटाखे खरीदने बाजार जा रहा था। उन रुपयों से इसने मुझे दवा दिलवा दी।''

''शाबाश बेटे! तुम बहुत अच्छे हो।...क्या तुम्हारे घर में अब डाँट नहीं पड़ेगी?'' कंपाउंडर ने पूछा।

''कंपाउंडर साहब, ये रुपए तो कल तक पटाखे-बम के रूप में जलकर धुआँ बन जाते। मम्मी कहती हैं कि आतिशबाजी धन की बरबादी तो है ही, इससे प्रदूषण भी फैलता है। जलने व आग लगने का खतरा भी बना रहता है। उनसे नुकसान-ही-नुकसान है, फायदा एक भी नहीं। मेरे इन रुपयों का उपयोग देखकर मम्मी बहुत खुश होंगी।

बचे हुए रुपए मैंने बाई को देते हुए कहा, ''ये रुपए तुम रख लेना। तुम्हें इनकी जरूरत पड़ सकती है। तुम्हारा बेटा अब ठीक है। मैं जा रहा हूँ। हो सका तो कल फिर आऊँगा।''

''बेटा, तुम्हारे ये रुपए मुझपर उधार हैं। मैं थोड़े-थोड़े करके तुम्हें लौटा दूँगी। तुम नंदू के दोस्त हो न? मैं उनके घर काम करती हूँ।''

घर में प्रवेश करते ही माँ ने पूछा, ''तू तो पटाखे लेने गया था। खाली हाथ क्यों लौट आया?''

''माँ, आप कहती हैं न, अधिक पटाखे छुड़ाना रुपयों का धुआँ उड़ाना है। मैंने आज उन रुपयों से एक गरीब बीमार बच्चे को दवा दिलवा दी है। सच माँ, वे रुपए एक गरीब माँ के आँसू पोंछने के काम आए हैं। यह दीपावली मुझे हमेशा याद रहेगी।''

पूरी बात सुनकर मेरी माँ की आँखों में भी स्नेह के दीप जल उठे।

लोकेश की भूल

—पूरन सरमा

लोकेश को किताबें पढ़ने का बड़ा शौक था; परंतु पढ़ने के इस शौक से उसे एक बुरी लत लग गई थी और वह गंदी लत थी—पुस्तकें चुराने की। एक दिन लोकेश और उसका दोस्त मनोज—दोनों खाली समय में वाचनालय में पत्रिकाएँ पढ़ रहे थे। लोकेश ने थोड़ी देर तो पुस्तक को पढ़ा और बाद में उसे अपनी कमीज के अंदर छुपा लिया। मनोज ने लोकेश को यह करते हुए देख लिया।

मनोज ने उसका हाथ पकड़ा और कहा, ''यह क्या कर रहे हो, लोकेश?''

लोकेश बोला, ''कुछ नहीं।''

''झूठ बोलते हो! तुमने अभी पुस्तक चुराकर अपनी कमीज के अंदर छुपाई है।'' मनोज ने कहा।

यह सुनते ही लोकेश का मुँह उतर गया। वह घबराया सा बोला, ''मनोज, छोटी बहन पिंकी से मैं कहकर आया था कि उसके लिए शाम को मैं कहानियों की किताब लेकर आऊँगा।''

''लेकिन स्कूल के वाचनालय से चुराकर ही क्यों? क्या तुम इसे अपने नाम इश्यू करवाकर नहीं ले जा सकते?'' मनोज ने कहा।

लोकेश बोला, ''सर इतनी किताबें कहाँ देते हैं। वे तो महीने में दो बार ही देते हैं। मुझे रोज-रोज नई किताबें पढ़ने का शौक है।''

''नहीं, यह तो गंदी आदत है। आज तुम स्कूल से चुरा रहे हो, कल क्लास में दूसरे साथियों की चुराओगे।'' मनोज ने कहा।

"नहीं, मैं ऐसा नहीं करूँगा।" उसने कहा।

"तो फिर स्कूल से क्यों चुराते हो?"

"स्कूल का माल तो हम सबका ही है।"

"सबका ही तो है, अकेले तुम्हारा तो नहीं। फिर यह चोरी की आदत तो तुम्हारी बुरी लत है। पता है, तुम स्कूल में चोर कहलाने लग जाओगे। क्या तुम चाहते हो कि तुम्हारी यह बात मैं सबको बता दूँ? मैं अभी प्रधानाध्यापकजी को तुम्हारी शिकायत करके रँगे हाथों भी पकड़वा सकता हूँ।"

मनोज की इस बात से लोकेश बुरी तरह डर गया। वह रुआँसा होकर बोला, "मनोज, मैं

आइंदा किताबें नहीं चुराऊँगा। मुझे माफ कर दो। यह बात तुम किसी से भी मत कहना।''

''तो फिर किताब कमीज के अंदर से निकालकर मेज पर रख दो।''

लोकेश ने किताब को मेज पर रख दिया। तब मनोज बोला, ''अब चलो कक्षा में और सुनो, शाम को मैं तुम्हारे साथ तुम्हारे घर चलूँगा।''

लोकेश घबराकर बोला, ''मनोज, मेरे पापा से मत कहना यह बात, वरना वे मुझे बड़ी जोर से डाँटेंगे।''

''नहीं, मैं तुम्हारे पापा से कुछ नहीं कहूँगा।'' मनोज ने कहा।

शाम को छुट्टी हुई तो मनोज लोकेश के साथ उसके घर गया। उसे सामने ही पिंकी मिल गई। वह पिंकी से बोला, ''क्यों पिंकी, तुम्हें किताबें पढ़ने का बड़ा शौक है न?''

हँसती हुई पिंकी बोली, ''हाँ, भैया मेरे लिए रोज-रोज कहानियों की नई किताबें लाते हैं। सच, भैया मेरा बहुत ध्यान रखते हैं। मुझे प्यार करते हैं।''

''लेकिन तुम्हें शायद यह पता नहीं है कि लोकेश तुम्हारे लिए ये किताबें वाचनालय से चुराकर लाता है।'' मनोज ने कहा।

सुनते ही पिंकी का मुँह उतर गया। वह बोली, ''चुराकर!''

''हाँ, चुराकर। वह तुम्हें इतना प्यार करता है कि तुम्हें पढ़ने देने के लिए उसे पुस्तक चुरानी पड़ती है।''

''लेकिन मैंने कभी उससे इस तरह किताबें चुराकर लाने के लिए नहीं कहा।''

''तुमने नहीं कहा, परंतु वह तुम्हारी पढ़ने की आदत व प्यार के लिए किताबें चुराता है। तुमने कभी यह भी पूछा कि वह रोज-रोज नई-नई किताबें कहाँ से लाता है?'' मनोज ने पूछा।

''नहीं, मैं तो यही सोचती रही कि किताबें स्कूल से मिलती होंगी।'' पिंकी ने कहा।

''नहीं, वह किताबें चुराकर लाता रहा।''

''यह तो बहुत बुरा किया भैया ने। अभी पापा को आने दो। मैं यह बात उन्हें बताती हूँ। वे इसे मारेंगे।'' पिंकी ने कहा।

मनोज बोला, ''नहीं पिंकी, पापा से कुछ नहीं कहना। मनोज ने चोरी नहीं करने की शपथ ले ली है। यह बात मैंने तुम्हें इसलिए बताई है, ताकि तुम आगे से किताब लाने के लिए लोकेश को विवश न करो।''

तभी लोकेश के पापा भी वहाँ आ गए।

मनोज बोला, ''अंकल, नमस्ते।''

''नमस्ते बेटा! कहो, कैसे हो?''

''ठीक हूँ, अंकल। आपसे एक काम था।''

''अरे वाह, बोलो। तुम काम बताओ तो उसे करने में आनंद आएगा, बेटा।'' वे बोले।

''अंकल, आपके ऑफिस में लाइब्रेरी तो होगी।''

''क्यों नहीं, हमारे यहाँ बहुत ही अच्छी लाइब्रेरी है। उसमें बच्चों की भी अच्छी-अच्छी पुस्तकें हैं।''

''लेकिन आप कभी हमारे लिए तो किताबें लाते ही नहीं।''

''अरे बेटा, मुझे तो पढ़ने का शौक ही नहीं है। और फिर, मैं थोड़ा आलसी भी हूँ।''

''आप नहीं पढ़ते तो क्या, हम भी नहीं पढ़ें। आप तो जानते हैं—मुझे, लोकेश व पिंकी को खाली समय में कहानियों की किताबें पढ़ने का कितना शौक है!'' मनोज बोला।

वे बोले, ''हाँ, वह तो है। पिंकी को देखो न, दिन भर पता नहीं कहाँ-कहाँ से किताबें लाकर पढ़ती रहती है।''

''इसीलिए तो कह रहा था, अंकल। कल से हमारे लिए किताबें ले आइएगा।''

''जरूर लाऊँगा, बेटा। मुझे पहले क्यों नहीं बताया तुमने?''

''बस, आज बता दिया न आपको।''

फिर तो दूसरे ही दिन से लोकेश के पापा अपनी लाइब्रेरी से नई-नई किताबें लाने लगे। पिंकी, लोकेश व मनोज पढ़ने लगे। लोकेश ने किताबें चुराना छोड़ दिया और उसने मनोज को गलत रास्ते पर भटकने से बचाने के लिए धन्यवाद भी दिया। उसे अहसास हुआ कि वह वाकई गलत रास्ते पर जा रहा था। यदि मनोज उसे नहीं रोकता तो यह गंदी आदत उसे पूरे स्कूल में बदनाम करवा देती। वह बहुत प्रसन्न था कि मनोज ने उसे बचा लिया। वे दोनों और पक्के दोस्त हो गए। लोकेश को अपनी भूल का पछतावा भी था।

अभिनंदन

—प्रेमचंद्र गुप्त 'विशाल'

अंकुर अपनी कक्षा का मॉनीटर था। आज स्कूल में यूनियन की मीटिंग हो रही थी। अध्यक्ष ने अंकुर को भी अपने विचार रखने का मौका दिया। अंकुर मंच पर आया और बोलना शुरू किया, ''साथियो! आप सभी जानते हैं कि हमें अपने स्कूल के लिए खेल के मैदान और मंदिर का निर्माण-कार्य पूरा करवा लेना है। आपसे हम वादा करते हैं कि हमारी क्लास की ओर से आपको पूरा सहयोग मिलेगा। हम अपने वचन से कभी हटनेवाले नहीं हैं।'' मीटिंग में आए हुए बच्चों ने अपनी तालियों की गड़गड़ाहट से उसका समर्थन किया। अंकुर जाकर अपनी जगह बैठ गया।

अंकुर जब स्कूल से घर लौटा तो उसपर माँ बरस पड़ीं, ''तू आज फिर देर से वापस आया है। छुट्टी तो दिन में बारह बजे हो जाती है। बोल, तू कहाँ चला जाता है?''

अंकुर के दिमाग में ढेर सारे सवाल मँडराने लगे। फिर भी वह साहस करके बोला, ''माँ, मुझे देर हो जाती है। तुम बिलकुल ठीक कहती हो। हम और हमारे दोस्त एक भले काम में जुटे हैं। हम उस काम को अभी गुप्त रखना चाहते हैं। अगर आपको विश्वास नहीं है तो स्कूल के खेलकूद अध्यापक से जाकर पूछ सकती हैं।'' अंकुर ने अपनी सफाई पेश की।

माँ ने इसके आगे सिर्फ इतना कहा कि ''ठीक है, पर यह तो बता कि तेरे और कौन-कौन से साथी हैं?''

अंकुर कुछ रुकते हुए कहने लगा, ''शेखर, अमित, नवीन छोटे-बड़े सर सभी लोग हैं।''

माँ ने पुन: बेटे से कहा, ''इतनी आजादी ठीक नहीं है। मगर देखो, घर समय से आया

करो, नहीं तो तुम्हारे पापा से कहना पड़ेगा। शाम हो चुकी है, चलकर खाना खाओ।''

सुबह हो चुकी थी। दरवाजे पर आकर किसी ने कुंडी खटखटाई। अंकुर की माँ अंदर से बोली, ''कौन है भाई इतनी सुबह-सुबह?''

बाहर से आवाज आई, ''मैं हूँ लाला होरी लाल। बस, चला आया हूँ।''

माँ ने दरवाजा खोला तो सचमुच में होरी लाल खड़े थे। माँ ने कहा, ''लालाजी, चलिए और कमरे में बैठिए। मैं अभी आती हूँ।''

माँ चाय तैयार कर एक प्लेट में नमकीन लिये कमरे में आईं और खाली कुरसी पर बैठते हुए बोलीं, ''लालाजी, पहले चाय पिएँ और फिर कुछ कहें।''

चाय पीने के बाद लाला होरी लाल कहने लगे, ''अंकुर की माताजी, मैं आपसे भलीभाँति परिचित हूँ। आप पड़ोस में रहती हैं, सो मैंने सोचा कि आपको एक खबर से परिचित करा दूँ। कल आपके लड़के को दुकान में देखकर बड़ी तकलीफ हुई। वह अपने सर के साथ चंदा माँगने आया था। मुझे यह देखकर अच्छा नहीं लगा। सो मैंने सोचा, आपको भी खबर कर दूँ।''

माँ ने लाला होरी लाल का शुक्रिया अदा किया और ऐसा न करने देने की बात कही। उसके बाद लाल होरी लाल अपने घर चले गए।

अंकुर अपनी माँ के पास दौड़ा आया और बोला, ''माँ, लाला होरी लाल तुमसे क्या कहने आए थे ?''

माँ कड़ककर बोलीं, ''यही कहने आए थे कि तू चंदे की भीख माँग रहा था। तुझे अपने माँ-बाप की इज्जत का भी खयाल नहीं है !''

अंकुर कुछ छोटा जरूर था, किंतु माँ की बात सुनकर गंभीर हो गया, ''माँ, मैं आपको पहले ही बता चुका हूँ कि मैं एक नेक और भले काम में लगा हूँ। इस काम के लिए चंदा माँगना भीख माँगना नहीं होता। मुझे तो गर्व का अनुभव होता है। माँ, स्कूल की देर हो रही है, मैं चला।'' कहकर अंकुर बस्ता उठाकर चुपचाप स्कूल चला गया।

माँ ने किवाड़ बंद कर लिये।

अंकुर के पिताजी दवा बनानेवाली एक कंपनी में काम करते थे। वे ज्यादातर अपने शहर से बाहर रहते थे। आज रात इलाहाबाद से लौटे थे। भोजन कर चुके तो अंकुर की माँ बोली, ''सुनिए जी, आजकल अंकुर स्कूल से घर बहुत देर से आया करता है। लाला होरी लाल भी बता रहे थे कि वह अपने सर के साथ चंदा माँगने आया था।''

अंकुर के पापा हँसकर बोले, ''अंकुर की माँ, मुझे भी सब मालूम है। अंकुर अपने प्रिंसिपल के साथ मेरी कंपनी में भी आया था। हमारे मालिक ने पचास हजार का चेक देते हुए उसे शाबाशी दी। बाकी सब ठीक है।''

माँ ने अंकुर के पापा की बात सुनकर कहा, ''तो मुझे क्या करना है ?''

अंकुर के पापाजी फिर हँसे और बोले, ''बस, तुम्हें उसकी पढ़ाई की देखभाल करनी है।''

अंकुर की छमाही परीक्षा करीब आ चुकी थी। वह स्कूल से आज फिर विलंब से घर आ रहा था। वह कक्षा छह का एक होनहार छात्र था। परीक्षा के कारण अनथक परिश्रम करने लगा। शेखर, अमित, नवीन क्रमशः सातवीं, आठवीं और नौवीं कक्षा के विद्यार्थी थे।

परीक्षाएँ खत्म हो चुकी थीं। अंकुर आज स्कूल से घर जल्दी आया था। आते ही माँ को परीक्षाफल का कार्ड थमा दिया। माँ वह कार्ड देखकर दंग रह गईं। उसने हर विषय में साठ

प्रतिशत से ज्यादा अंक प्राप्त किए थे।

माँ को बरबस कहना ही पड़ा, ''शाबाश मेरे बेटे! और हाँ, यह बताओ कि शेखर, अमित और नवीन का क्या हुआ?''

अंकुर गर्व से कह उठा, ''वे सबके सब छमाही परीक्षा में पास हो गए हैं।''

माँ को यह सुनकर बड़ा सुकून हुआ। अंकुर जिस स्कूल का छात्र था, वहाँ खेलकूद का एक विशाल मैदान था। बड़े सर चंद्रा साहब, मैनेजर रामसिंह और क्रीड़ा अध्यापक को एक विशेष प्रकार के मंदिर-निर्माण हेतु प्रभारी बनाया गया था। पिछले एक वर्ष से वे सभी यह सारा काम पूरा करवाने में जुटे थे।

स्वाधीनता-दिवस मनाने की तैयारियाँ अंकुर के स्कूल में चल रही थीं। पचासों श्रमिक व कुशल कारीगरों के हाथों से भारत माता के एक भव्य मंदिर का निर्माण-कार्य पूरा हो चला था। मास्टर गुरु प्रसाद ने खेल के मैदान के रख-रखाव की रिपोर्ट बड़े सर चंद्रा साहब को सौंप दी थी। सर ने स्कूल की व्यवस्था समिति की बैठक बुलाई। मंदिर और खेल के मैदान के उद्घाटन के बारे में विचार-विमर्श हुआ। यह भी निर्णय हो गया कि उद्घाटन के लिए निमंत्रण-पत्र तुरंत छपवाने के लिए भेज दिया जाएगा।

अंकुर के स्कूल की ओर से एक विशाल समारोह का आयोजन किया गया। छात्रों के उसमें माता-पिता, अभिभावक, विशेष अतिथि-गण और अन्य लोग बड़े ही धैर्य के साथ समारोह के प्रारंभ होने की प्रतीक्षा कर रहे थे। अंकुर और उसके साथी आयोजन और व्यवस्था में दौड़-दौड़कर कार्य कर रहे थे। प्रदेश के मुख्यमंत्री, क्रीड़ा-मंत्री मंच पर पधार चुके थे। राष्ट्रगान के गायन के साथ समारोह की शुरुआत हुई। राष्ट्रगान की प्रस्तुति में अंकुर भी पंक्ति में खड़ा था।

बड़े सर चंद्रा साहब ने मंच पर आकर कहा, ''माननीय मुख्यमंत्रीजी भारत माता के भव्य मंदिर का उद्घाटन करने की कृपा करें।''

मुख्यमंत्रीजी ने भारतीय परंपरा के अनुसार दीप प्रज्वलित करने के उपरांत रेशम की डोरियों से परदा खींचा तो सभी दंग रह गए। भारत माता की भव्य मूर्ति सबके सामने थी। माँ के हाथ में तिरंगा लहरा रहा था।

मुख्यमंत्रीजी के मुख से अनायास निकल पड़ा, ''भारत माता की जय हो! भारत माता की जय हो!''

भारत माता के भव्य मंदिर के उद्घाटन के बाद स्कूल के क्रीड़ा-अध्यापक मंच पर आए और क्रीड़ामंत्री से सहर्ष बोले, ''प्रदेश के माननीय क्रीड़ा मंत्रीजी से अनुरोध है कि स्कूल के नवनिर्मित क्रीड़ा भवन और मैदान का उद्घाटन करने की कृपा करें।''

क्रीड़ा-भवन का उद्घाटन होते ही जनता आनंद-विभोर हो रही थी। स्कूल के छात्र बैंड

बजाते हुए मैदान में लेफ्ट-राइट-लेफ्ट करते चल रहे थे। नवीन भी बैंड के सबसे आगे राष्ट्र-ध्वज लिये चल रहा था। उसके पीछे अंकुर, अमित आदि थे।

जनता करतल-ध्वनि से प्रशंसा कर रही थी। स्कूल के बड़े सर चंद्रा साहब मंच पर आकर मुसकराते हुए बोले, ''हमें आप सब लोगों को यह बताते हुए गर्व का अनुभव हो रहा है कि स्कूल के क्रीड़ा-प्रांगण में भारत माता के भव्य मंदिर के निर्माण में जहाँ अध्यापकों में मास्टर गुरु प्रसादजी ने अहम भूमिका अदा की है वहीं कुछ बच्चों ने जो कर दिखाया है, उसे हम कभी भूल नहीं सकते। वे होनहार बच्चे हैं—अंकुर, शेखर, अमित और नवीन। स्कूल की ओर से इन सभी बच्चों का भी अभिनंदन आज किया जाएगा। अंत में माननीय मुख्यमंत्रीजी से अनुरोध है कि इन बच्चों को हार पहनाकर उनका सम्मान करें।'' प्रत्येक बच्चे को एक-एक हजार रुपए के पुरस्कारस्वरूप चेक दिया गया। मास्टर गुरु प्रसादजी को अंगवस्त्रम् प्रदान करते हुए उन्हें पाँच हजार रुपए का पुरस्कार दिया गया।

इसके बाद समारोह के समापन की घोषणा की गई। अंकुर के माता-पिता को गर्व और हर्ष का अनुभव हो रहा था। अंकुर ने अपनी पढ़ाई के साथ-साथ अपने स्कूल का नाम रोशन किया, वहीं माता-पिता को सम्मान दिलाया। देश को ऐसे ही बच्चों पर गर्व का अनुभव होता है।

बैल का दूध

—प्रेम नारायण गौड़

बहुत दिन पहले उत्तर भारत में एक राजा रहता था। उसके एक ही पुत्र था, जिसे वह बड़े लाड़-प्यार से रखता था। अब उसके बड़े होने पर राजा को उसके विवाह की चिंता हुई। राजा उसके बारे में बराबर यही सोचा करता—मैं उसी कन्या को अपनी बहू बनाऊँगा जो रूपवती के साथ-साथ बुद्धिमती भी हो।

किंतु बहुत ढूँढ़ने पर भी उसे ऐसी कोई कन्या न मिल सकी। वह इस कारण बहुत निराश हो गया। अचानक एक दिन उसे मालूम हुआ कि प्रधानमंत्री की कन्या माला रूपवती होने के साथ बहुत बुद्धिमती भी है।

अब राजा ने चुपके-चुपके इसकी परीक्षा लेनी चाही। अत: एक दिन उसने अपने सेवकों से माला के पास एक कबूतर भेजकर कहलाया, ''राजा की इच्छा है कि माला इस कबूतर से बीस रकाबियाँ मांस तैयार कर दे।''

माला उस समय कढ़ाई-बुनाई का काम कर रही थी। यह सुनकर कुछ क्षण सोचने के बाद उन सेवकों को अपनी सुई थमाते हुए उसने कहा, ''अगर राजा इस एक सुई से बीस रकाबियाँ तैयार करवा दें तो मैं निश्चित रूप से इस कबूतर से बीस रकाबियाँ मांस तैयार कर दूँगी।''

राजा के सेवक मुसकराते हुए उस सुई को लेकर वापस लौटे। राजा भी माला के इस चतुराई भरे उत्तर को सुनकर मुसकराने लगे।

अब इसके दूसरे ही दिन राजा ने माला के पास एक भेड़ भेजकर कहलाया, ''मेरी इच्छा

है कि इस भेड़ को बाजार में ले जाकर बेच दिया जाए और उसकी आमदनी तुरंत मेरे पास वापस करते हुए मेरी भेड़ भी मुझे वापस कर दी जाए।''

इस बार माला समझ गई कि राजा ने उसकी बड़ी कठिन परीक्षा ली है; किंतु वह इससे जरा भी परेशान नहीं हुई। कुछ देर सोचने के बाद उसे एक अच्छा उपाय सूझा। उसने राजा के सेवकों से ही उस भेड़ का सारा ऊन कटवाकर उसे बाजार में बिकवा दिया। फिर उससे मिले हुए रुपयों को भेड़ सहित राजा के पास वापस भिजवा दिया। अब राजा माला की बुद्धि से प्रभावित हो उठा। लेकिन उस समय उसके मन में एक और आखिरी परीक्षा लेने की इच्छा हुई, क्योंकि वह खुद हार नहीं मानना चाहता था। इसके लिए उसे एक तरकीब भी सूझ गई।

दूसरे दिन शाम होते-होते राजा ने अपने सेवकों को माला के पास फिर भेजा और कहलाया कि राजा सख्त बीमार है। उसे हकीमों ने बैल का दूध पीने की सलाह दी है। अब माला को ही कहीं से इसका इंतजाम करना है, नहीं तो उसके पिता को प्रधानमंत्री पद से हटा दिया जाएगा।

फिर क्या था? राजा के सेवकों ने माला के पास जाकर इस संदेश को कह सुनाया। माला इस बार सचमुच बहुत हतप्रभ हो गई। फिर भी उसने बुद्धि नहीं खोई और राजा के सेवकों को दूसरे दिन आने को कहकर अपने पिता के वापस लौटने का इंतजार करने लगी।

अब रात में उनकी सलाह से एक सुअर मँगवाया और उसी समय उसे मारकर उसके खून के छींटे अपनी चादर और तकियों पर छिड़क दिया। इसके बाद सुबह होते ही माला उस चादर और तकियों को लेकर उसी घाट पर धोने चली गई, जहाँ राजा स्नान करने आता था।

उस समय घाट पर पहुँचने पर राजा ने माला को कपड़े साफ करते हुए देखकर पूछा, ''माला! तुमने इस घाट पर कपड़े धोने की हिम्मत कैसे की? तुम तो जानती हो कि इस घाट पर केवल मैं स्नान करता हूँ।''

यह सुनकर माला बोली, ''श्रीमान! कल मेरे घर मेरे पिता ने एक बच्चे को जन्म दिया है। अब इन कपड़ों को नदी के जल में तत्काल साफ करना आवश्यक था और आस-पास कोई घाट न होने से मुझे मजबूर होकर यहीं आना पड़ा।''

राजा माला की बात सुनकर एकदम भौंचक्का रह गया और बोला, ''माला! तुम एकदम मूर्ख हो क्या? या तुम मुझे ही मूर्ख बना रही हो। भला कोई पुरुष भी किसी संतान को जन्म दे सकता है?''

यह सुनकर माला ने शीश झुकाकर अदब के साथ कहा, ''महाराज! यदि किसी पुरुष को संतान नहीं पैदा हो सकती है तो कोई बैल दूध कैसे दे सकता है? मुझे आपको यही बात समझानी थी।''

अब माला के इस उत्तर से राजा सचमुच बड़ा प्रसन्न हो उठा। वह समझ गया कि माला रूपवती होने के साथ-साथ बुद्धिमती भी है। इसलिए राजकुमार को यदि ऐसी बहू मिल जाए तो पूरा परिवार ही नहीं बल्कि पूरा राज्य ही खुशहाल हो जाएगा।

इसके बाद राजा ने माला के पिता की सलाह लेकर उसके साथ राजकुमार का विवाह कर दिया। राजकुमार को भी ऐसी रूपवती और बुद्धिमती पत्नी पाकर असीम सुख मिला।

नया संसार

—बानो सरताज

कमली कौवी ने संध्या को घर लौटकर बच्चों को प्यार किया, फिर दाना चुगाया। पेट भर जाने के बाद बच्चे कमली से बोले, ''माँ, अब हमारे पास ही बैठो। हमें कहानी सुनाओ, फिर लोरी गाकर सुला दो।''

''मेरे प्यारे बच्चो! मैं ऐसा ही करूँगी, पर कुछ देर के बाद। मैं अभी थोड़ी देर में वापस आती हूँ।''

''माँ, दिन भर तो हम अकेले थे। अब फिर जा रही हो!'' बच्चे नाराज होकर बोले।

''बच्चो, मैं अपने पड़ोसियों का हाल-चाल पूछने जा रही हूँ। बस, अभी आ रही हूँ।''

कमली कौवी घोंसले से बाहर आकर कौए से बोली, ''क्या हाल है उनका? कुछ शांत हुए?''

कौए ने कहा, ''नहीं, वैसे ही उदास बैठे हैं। जाओ, उन्हें समझाओ, तब तक मैं बच्चों को बहलाता हूँ।''

जिस पेड़ पर कौए का घोंसला था, उसके पास ही बबूल का एक वृक्ष था। बूबू बया का कलात्मक घोंसला उसी बबूल पर था। एक दिन बूबू बया दाना-दुनका चुनकर वापस आई तो उसने देखा कि उसका घोंसला गायब था। उसमें उसके तीन अंडे भी थे।

बूबू बया रो-रोकर हलकान हो गई। बये ने समझाया, कौआ-कौवी ने समझाया, पर बूबू बया का दु:ख कम नहीं हुआ। तीन दिन हो गए थे। उसने खाना-पीना तक छोड़ दिया था। कमली कौवी वहाँ पहुँची तो उसने देखा, बूबू बया एक टहनी पर उदास बैठी है। वह जाकर उसके पास बैठ गई। बोली, ''लो, ये कुछ दाने लाई हूँ। खा लो।''

"खाने का मन नहीं करता, कमली। मुझे अपने घोंसले और अपने अंडों की याद चैन नहीं लेने देती।" बूबू सिसककर बोली।

"यह तो दुनिया की रीति है, बूबू। दुःख-सुख जीवन में आते ही रहते हैं। जो कुछ हुआ, उसे भूल जाने का प्रयत्न करो। नया जीवन शुरू करो। कल से दोनों मिलकर नया घोंसला बनाओ।" कमली कौवी ने समझाया।

"घोंसला तो हम बना लेंगे, पर फिर कोई उतारकर ले गया तो?" बूबू बया ने दुःखी मन से कहा।

"तो...तो..." कमली कौवी सोचती हुई बोली, "बूबू, तुम बबूल के छोटे से वृक्ष की नीची

डाली पर घोंसला बनाती हो। हमें देखो, हम ऊँचे वृक्ष की सबसे ऊँची टहनी पर घोंसला बनाते हैं। वहाँ तक कोई इनसान पहुँच ही नहीं सकता। तुम भी हमारे पड़ोस में घोंसला बना लो।''

बूबू बया धीरे से बोली, ''यह संभव नहीं है, बहन। मेरा बित्ता भर का शरीर देख रही हो। घोंसला बनाने के लिए ऊपर तिनके ले जाने में ही मैं थक जाऊँगी, हम दोनों थक जाएँगे।''

''हाँ, तुम ठीक कह रही हो।'' कौवी ने अपनी गलती स्वीकार करते हुए कहा, ''पर मेरे ध्यान में एक और बात आ रही है।''

''वह क्या?'' बूबू बया ने पूछा।

''हमारे और अन्य पक्षियों के घोंसले कोई नहीं चुराता। लोग कबूतर के, तोते के बच्चे ले जाते हैं, पर घोंसला नहीं ले जाते। तुम्हारा घोंसला इतना सुंदर होता है कि मनुष्य उसे चुराकर ले जाता है। मुझे तो ऐसा लगता है कि घोंसले से आकर्षित होकर ही कोई उसे उतार ले गया।''

''यह बात तो सच है कि हम बया अपना घोंसला बड़ी मेहनत से बनाते हैं। पत्तों से नसें खींचकर उन्हें कोमल घास की नसों के साथ बुनते हैं। यही नहीं, भीतर से भी घोंसले को सजाते हैं। छोटे-छोटे कमरे बनाते हैं। ऐसे ही एक कमरे में मेरे अंडे थे। घोंसला ले जानेवाले ने अंडे फेंक दिए होंगे।'' बूबू बया सिसक-सिसककर रोने लगी।

''चुप हो जाओ, बूबू!'' कमली कौवी ने उसे सांत्वना देते हुए कहा, ''इसीलिए मैं कहती हूँ कि अब इतना सुंदर घोंसला मत बनाना। सीधा-सादा घोंसला बनाओ तो कोई लुटेरा घोंसला नहीं लूटेगा।''

''अर्थात् तुम्हारा मतलब है कि लूटे जाने या चोरी जाने के डर से मैं कलात्मक घोंसला बनाना छोड़ दूँ। मैं जानती हूँ कि तुम मेरी हमदर्दी में ऐसा कह रही हो; पर कमली बहन, यह तो तुम जानती होगी कि कलात्मक घर बनाना अच्छी बात है और किसी का घर उजाड़ना बुरी बात।''

''हाँ, तुम्हारी बात सही है।'' कौवी बोली।

''तो फिर मैं बुरी बात के लिए अपना अच्छा स्वभाव क्यों छोड़ दूँ? होना तो यह चाहिए कि मनुष्य मेरी कला की कद्र करे। यदि वह ऐसा नहीं कर सकता तो मैं जो अच्छा काम करती हूँ, उसे क्यों छोड़ दूँ?''

''तुम धन्य हो, बूबू! इतनी छोटी सी होकर बड़ी समझदारी की बात करती हो। चलो, अब कल से नया संसार बसाने की तैयारी करो। मैं अब चलती हूँ। मेरे बच्चे मेरी प्रतीक्षा कर रहे होंगे।''

''धन्यवाद कमली बहन! तुमने मुझे नया हौसला दिया है। मैं कल से नए जीवन की शुरुआत कर दूँगी।''

कमली कौवी घोंसले में वापस आई, दोनों बच्चों को अपने परों में छिपा लिया और उन्हें नन्ही बया की कहानी सुनाने लगी। ■

अनोखी परीक्षा

—बुलाकी शर्मा

रवि समझ नहीं पा रहा था कि जुनेजा सर थानेदार हैं या मास्टर। हमारी तो सुनते ही नहीं। क्लास में हलका सा स्वर निकला कि गुर्राएँगे—'कौन बोला? तुम्हें मालूम नहीं कि मुझे अनुशासनहीनता नापसंद है?' इतने धीमे बोलने से भला अनुशासन कैसे भंग हो गया? लेकिन कहे कौन उनसे? सब जानते हैं उनका स्वभाव। उनके गुर्राते ही क्लास में सन्नाटा पसर जाता है। साँस लेते स्वर न हो। इतना ध्यान रखते हैं सब। तेज साँस ली कि घुड़केंगे, 'कौन आ गया यहाँ सूअर? श्वास लेने की भी तमीज नहीं।' गुस्सा तो उनकी नाक पर अटका रहता है। मौका चाहिए उन्हें। किसी को हँसते देखेंगे तो दस नंबरी डाँट पिला देंगे। आपस में बतियाते सुन लेंगे तो कान ऐसे उमेठेंगे कि बीस दिन तक दर्द नहीं जाए। लगता है, इनके सर इनकी खूब पिटाई करते थे। जमकर डाँट पिलाते थे। उनका बदला हमसे ले रहे हैं अब।

डाँटें तो सह लें, पीटें तो उसे भी सह लें; लेकिन पढ़ाएँ तो तरीके से। उनकी गाड़ी अचानक पटरी से उतर जाती है। पटरी से उतरने पर वापस आती कहाँ है सही जगह। कभी अकबर का बाप हुमायूँ बन जाता है, कभी हुमायूँ अकबर का भाई बन जाता है। हम आपस में काना-फूसी भी नहीं कर सकते डर के मारे। कॉपी में नोट करते चलते हैं। गलत बात को भी लिखना पड़ता है।

रवि को पहले दिन ही अटपटा लगा था। जुनेजा सर आजादी की बात बताने लगे कि चंद्रशेखर आजाद, सुखदेव और राजगुरु ने फाँसी की सजा हँसते हुए एक साथ स्वीकार की और भारत माता की पराधीनता की बेड़ियाँ तोड़ने के लिए शहीद हो गए।

रवि को लगा—भगतसिंह की जगह भूल से आजाद का नाम ले लिया सर ने। वह कहने के लिए खड़ा होने वाला था, तभी पास बैठे अमृत ने उसकी शर्ट पकड़कर उसे बिठा दिया। बहुत बुरा लगा रवि को। क्लास समाप्त होते ही वह गुस्साया, ''तुमने मुझे रोका क्यों? सर गलत बता रहे थे ना!''

''एक-दो महीने बाद वे सही बताने लगेंगे, शुरुआत में जुनेजा सर इसी तरह पढ़ाते हैं।'' अमृत मुसकराया।

''चार साल से हम उनकी यह स्टाइल देख रहे हैं।'' सुमित ने अमृत की बात का समर्थन किया।

''तुम लोग सर से कहते क्यों नहीं?'' रवि ने आवेश में पूछा।

''बेकार में पिटने से क्या लाभ?'' अमृत बोला, ''हिस्ट्री की किताब से देख लेंगे कि किसने किसको मारा। यहाँ क्यों मार खाएँ सर से! ये तो हमारे होंठ हिलते देखते ही लताड़ पिलाते हैं।''

''यह तो अच्छी बात नहीं है।'' रवि ने कहा, ''गलत को गलत बताने में डरें क्यों?''

''तुम नए आए हो अभी। धीरे-धीरे तुम भी हमारी तरह हो जाओगे।''

लेकिन रवि अपने साथियों जैसा हो नहीं पाया। जुनेजा सर गलत पढ़ाते, अन्य साथी आँखों-ही-आँखों में मुसकराते रहते और वह अंदर-ही-अंदर कुलबुलाता रहता। बोलकर कहने की हिम्मत नहीं जुटा पाता; लेकिन उनकी बात पचा भी नहीं पाता।

घर आकर गुस्साता कि क्यों इस शहर में पापा की बदली हो गई। यहाँ बदली नहीं होती तो क्यों जुनेजा सर से गलत पढ़ना पड़ता। वैसे, यह स्कूल उसे अच्छा लगता है, संगी-साथी भी प्यारे लगते हैं। दूसरे सर और मिस भी पसंद हैं। बस, जुनेजा सर की क्लास में सिरदर्द होने लगता है।

जुनेजा सर पढ़ा रहे हैं। महाराणा प्रताप के बारे में वे बता रहे हैं, ''बादशाह अकबर के नौ रत्न थे। हर क्षेत्र का एक विशिष्ट व्यक्ति। महाराणा प्रताप उनके नवरत्नों में से एक थे। वे अकबर को बहुत प्रिय थे। उनकी सेवा से प्रसन्न होकर अकबर ने उन्हें चित्तौड़गढ़ उपहार में दे दिया।''

बिलकुल गलत। रवि ने झुकी नजरों से अपने साथियों को देखा। वे नीची गरदन किए चुपचाप कॉपियों में नोट कर रहे हैं। ओफ्फो! कोई बोलता क्यों नहीं?

''राजा मानसिंह बहुत बहादुर था।'' सर बता रहे हैं, ''उसने अकबर की अपरिमित सेना से लोहा लिया। उसने बादशाह अकबर की अधीनता स्वीकार नहीं की। राणा प्रताप उसे मनाने भी गए, लेकिन उसने स्पष्ट शब्दों में उनका प्रस्ताव ठुकरा दिया।''

सरासर झूठ। उसे खीज होने लगी। स्वयं को रोक नहीं पाया वह। खड़ा होकर बोला, ''ऐसा नहीं हुआ था, सर।''

यह पहला अवसर था कि किसी लड़के के जुनेजा सर की क्लास में बोलने की जुर्रत की थी। साथी डरे—आज रवि की जमकर पिटाई होगी। अमृत ने शर्ट खींचकर उसे बिठाना चाहा, लेकिन वह खड़ा रहा।

जुनेजा सर ने डाँटा, ''तुम नए आए लगते हो। तुम्हें मालूम नहीं कि हमें अनुशासनहीनता नापसंद है, बैठ जाओ।''

वह बैठा नहीं। बोला, ''लेकिन सर, आप गलत पढ़ा रहे हैं। अकबर के नवरत्नों में महाराणा प्रताप नहीं, राजा मानसिंह था। अकबर की अधीनता स्वीकार करने के लिए महाराणा

प्रताप को मनाने मानसिंह गया था, न कि...''

''चुप्प!'' जुनेजा सर गुस्साए, ''तुम्हें ज्यादा मालूम है या मुझे? मैं जो कहता हूँ, इतिहास वही है। बैठ जाओ।''

किंतु रवि नहीं बैठा। हिम्मत करके बोला, ''लेकिन सर, किताबों में ऐसा नहीं है।''

''तुम हमें सिखा रहे हो!'' सर का चेहरा गुस्से में तमतमाने लगा, ''इधर आओ हमारे पास। अभी बताता हूँ कि गलत क्या है और सही क्या है!''

रवि एक बार सहमा। डरा कि सर पिटाई करेंगे। करें तो कर लें पिटाई, झूठी बात नहीं मानूँगा। हिम्मत करके पहुँच गया वह उनके पास।

दूसरे छात्रों की साँस अटक गई गले में। अब रवि की खैर नहीं। कितना समझाया इसे कि चुप रहना, लेकिन असर ही नहीं पड़ा। अब कौन बचाएगा इसे जुनेजा सर से। दो थप्पड़ पड़ गए तो दस दिन स्कूल नहीं आ पाएगा। सारी बहादुरी टाँय-टाँय फिस्स हो जाएगी अभी।

जुनेजा सर ने रवि को घूरा। बोले, ''तुम कहते हो कि मैं गलत पढ़ाता हूँ?''

''इतिहास की किताबों में ऐसा नहीं है, सर।'' रवि ने साहस रखा।

जुनेजा सर ने उसका कान उमेठा। उसे लगा कि कान उखड़ गया है। आँखें निकालते हुए बोले, ''तुम अकेले ही हो किताब पढ़नेवाले। दूसरे तो कुछ जानते ही नहीं, क्यों?''

छात्रों की तरफ देखते हुए सर बोले, ''मैं जो पढ़ाता हूँ, क्या वह गलत है, बोलो?''

सब चुप। नीची गरदन किए बैठे रहे।

सर ने पुनः पूछा, ''अमृत, तुम बताओ।''

''नहीं सर, आप सही पढ़ाते हैं।'' उसने डरते हुए कहा।

''किशन, दिनेश, हरीश, गोविंद, गौतम—तुम सब बोलते क्यों नहीं?''

''जी सर, आप सही पढ़ाते हैं।'' पूरी क्लास ने एक स्वर में कहा।

जुनेजा सर ने पुनः रवि से पूछा, ''सब कहते हैं कि मैं सही पढ़ाता हूँ और तुम कहते हो कि मैं गलत पढ़ाता हूँ। तुम्हें हम अभी टी.सी. पकड़वा देंगे। चलो, सॉरी बोलो मुझसे।''

''नहीं सर, मैं गलत नहीं हूँ। इसलिए सॉरी नहीं कहूँगा।''

रवि का हठ देखकर संगी-साथियों को उसपर गुस्सा आने लगा। कैसा मूर्ख है। 'सॉरी' कहने से कौन सी जुबान घिसती है। अभी डंडे पड़ेंगे पीठ पर। तब वह क्या, उसकी छाया भी 'सॉरी, सॉरी' चिल्लाएगी। अमृत के मन में आया कि जाकर कहे रवि से, 'कह दे सॉरी। क्यों मार खाना चाहता है। लेकिन कैसे कहे।' वह तो सर के पास ही खड़ा है।

अरे, यह क्या! जुनेजा सर मुसकरा रहे हैं। वह तो रवि की पीठ थपथपाने लगे हैं। क्या हो गया है उन्हें आज।

जुनेजा सर कह रहे हैं, ''सॉरी मैं कह रहा हूँ रवि! तुम सही हो। वास्तव में मैं गलत पढ़ा रहा था। पिछले चार-पाँच वर्षों में तुम पहले छात्र हो, जिसने सच्ची बात कहने का साहस किया है। मैं यही परीक्षा लेना चाहता था कि इतिहास पढ़ते सभी हैं, लेकिन इतिहास गढ़ने की सामर्थ्य किसमें है। वह तुम मिले। समय सबको अपने में समेट लेता है। लोग भूल जाते हैं उन्हें; लेकिन जिसमें सही को सही और गलत को गलत कहने का साहस है, जो सत्य कहते डरता नहीं इतिहास में उसी व्यक्ति का नाम अमिट रहता है। आज हमें लगा कि हमारा पढ़ाना सार्थक हुआ। शाबाश, बेटे रवि!''

रवि की समझ में कुछ भी नहीं आया। वह जुनेजा सर को देखने लगा प्रसन्नता से। उसके संगी-साथी अचंभे से कभी जुनेजा सर को, कभी रवि को देखते रहे।

भाग्यवान् चरवाहा

—बैरिस्टर सिंह यादव

किसी स्थान पर बाघ और लोमड़ी बड़े प्रेम से रहते थे। उन्होंने साझे में खेती की। पहली फसल में बाघ ने गन्ना बोया और लोमड़ी ने उड़द। जब फसल पककर तैयार हुई तो लोमड़ी ने कहा कि उड़द मैं लूँगी और भूसा तुम। इसी तरह गन्ने के लिए भी झगड़ा शुरू हुआ। बाघ ने कहा कि नीचे का गन्ना मैं लूँगा और ऊपर का तुम। लोमड़ी भी यही कहे कि नहीं, नीचे का भाग मैं लूँगी, ऊपर का तुम। जब आपस में झगड़ा नहीं निपटा तो दोनों एक चरवाहा लड़के के पास पहुँचे और कहने लगे कि भाई! हमारा फैसला कर दो। लोमड़ी ने चरवाहे को घूरते हुए कहा कि यदि तुमने मेरे पक्ष में फैसला नहीं किया तो मैं तुम्हारी आँखें फोड़ दूँगी। इसके बाद बाघ ने भी लड़के को धमकाकर यह कहा कि अगर तुमने मेरे पक्ष में फैसला नहीं किया तो मैं तुम्हें मारकर खा जाऊँगा। अब बेचारा लड़का बड़े ही चक्कर में पड़ा कि दोनों तरफ आफत है, क्या करूँ? उसने अपने मन में विचार किया कि यदि आँखें फूट गईं तो जीवन ही बेकार हो जाएगा और यदि बाघ खा डालेगा तो कोई बात नहीं, एक ही बार परेशानी होगी।

चरवाहा लड़के ने लोमड़ी के पक्ष की बात कही। लोमड़ी खुश होकर अपने घर चली गई।

बाघ कहने लगा, ''ए लड़के! मैं तुझे किसी-न-किसी दिन अवश्य खा डालूँगा।''

लड़के ने घर आकर यह बात अपनी माँ को बताई। लड़के का बाप मर चुका था। घर में ये दो ही लोग थे। डर के कारण चरवाहा की माँ रात में दरवाजा खूब कसकर बंद करती, किवाड़ों के पास बरतन-भाँडे रख देती और माँ-बेटे खा-पीकर निश्चिंत होकर सो जाते। बाघ रोजाना

लड़के के दरवाजे पर आता और किवाड़ बंद देखकर लौट जाता। बाघ को चार-पाँच दिन तक लौटना पड़ा। लड़के की माँ ने सोचा कि अब बाघ नहीं आएगा, भूल गया होगा। उसने किवाड़ बंद करना छोड़ दिया। एक दिन बाघ ने आकर चारपाई सहित लड़के को उठा लिया और चलता बना। बाघ चारपाई को जंगल की ओर लिये जा रहा था। मार्ग में वह एक बरगद के पेड़ के नीचे से होकर निकला। लड़का बरगद की डाल पकड़कर उसके ऊपर चुपके से चढ़ गया। बाघ चारपाई लिये चला गया और उसे एक गहरे तालाब में फेंका तो देखा कि चारपाई खाली और लड़का गायब। बाघ पछताकर अपने घर चला गया।

लड़का उसी बरगद के पेड़ पर रहने लगा। बरगद के नीचे जंगली गायें रहा करती थीं। सुबह जब गायें जंगल में चरने चली जातीं तो लड़का पेड़ से उतरकर गायों के बैठने के स्थान का गोबर और कूड़ा-करकट साफ कर दिया करता था। इस प्रकार जब कई दिनों तक गायों को सफाई मिली तो वे सोचने लगीं कि कौन ऐसा आदमी है जो प्रतिदिन हमारे निवास-स्थान को स्वच्छ कर जाता है—इसका पता लगाना चाहिए।

उन सारी गायों में जो सबसे अधिक बूढ़ी गाय थी, उसे सभी गायों ने सफाई करनेवाले मनुष्य का पता लगाने के लिए वहीं छोड़ दिया और कहा कि हम लोग तुम्हारे लिए जंगल से घास ले आया करेंगी। वह बूढ़ी गाय कानी थी। वह बार-बार उठे और गिर-गिर पड़े। यह देखकर चरवाहा लड़का बरगद के पेड़ से नीचे उतरा और सफाई करके फिर पेड़ पर चढ़ गया। बूढ़ी गाय ने समझ लिया कि यही लड़का प्रतिदिन सफाई कर जाता है। शाम को जब सभी गायें जंगल से चरकर लौटीं तो उस बूढ़ी गाय से वही बात पूछी। बूढ़ी गाय ने बतलाया कि हम लोगों के निवास-स्थान की सफाई करनेवाला लड़का इसी बरगद के पेड़ पर बैठा है। गायों ने बरगद से नीचे उतरने के लिए उस लड़के से कहा। लड़का नीचे उतर आया। गायों ने उसे बड़े प्यार से चूमा-चाटा और उसे दो बाँसुरी दीं—एक सुख की और दूसरी दु:ख की।

गायों ने लड़के से कहा कि ''सुख की बाँसुरी हमेशा बजाना, किंतु जब दु:ख आ पड़े तो दु:ख की बाँसुरी बजा देना, हम लोग तुरंत आकर तुम्हारी सहायता करेंगी। अब तुम हम लोगों का दूध पीकर यहीं आराम से रहो।''

लड़का बड़े आनंद के साथ वहाँ रहने लगा।

जहाँ पर ये गायें और वह चरवाहा लड़का रहते थे। उस देश के राजा ने यह हुक्म लगवा दिया कि जिसके सिर पर सोने का बाल हो, उस व्यक्ति को ढूँढ़कर मेरे सामने लाया जाए। राजा की परियाँ उड़नखटोले पर बैठकर ढूँढ़ती हुई उस लड़के के पास पहुँचीं। लड़के के सिर पर सोने का एक बाल था। परियाँ उसे उड़ा ले गईं और अपने घर ले जाकर लोहे की खिड़कियोंवाले कमरे में बंद कर दिया। लड़के ने अपनी दु:खवाली बाँसुरी बजा दी। गायों ने तत्काल पहुँचकर, कमरे को तोड़-फोड़कर उस लड़के को बाहर निकाला और अपने निवास-स्थान पर बुला ले आईं। अवसर पाकर परियाँ दुबारा उस लड़के को हर लाईं। इस बार उस लड़के की दु:खवाली बाँसुरी खो गई थी। शाम को जब गायें चरकर जंगल से वापस लौटीं तो लड़के को वहाँ पर नहीं पाया। लड़के के वियोग में तड़प-तड़पकर उन्होंने अपने प्राण त्याग दिए।

इधर इस चरवाहा लड़के को सुयोग्य वर समझकर राजा ने अपनी बेटी का विवाह इसके साथ संपन्न करा दिया। अब लड़का उस देश के राजा का दामाद बन गया था। एक दिन लड़का अपने दल-बल के साथ अपनी प्यारी गायों से मिलने के लिए गया। मरी पड़ी गायों को देखकर

पहले तो लड़का बहुत दु:खी हुआ, किंतु बाद में अपने बाएँ हाथ की अँगुली काटकर उन गायों पर अमृत छिड़क दिया, जिससे सारी गायें जीवित हो गईं। गायों ने लड़के से सारा हाल पूछा। लड़के की पूरी बात सुन और समझकर गायें अत्यंत प्रसन्न हुईं और वापस अपने निवास-स्थान को चली गईं। लड़का भी वापस अपने राज्य को चला गया।

मंजिल

—भगवती प्रसाद द्विवेदी

राजेश सड़क के किनारे यों ही टहल रहा था। इस शहर में उसे आए हुए तीन-चार रोज ही गुजरे थे। सरकारी नौकरी में एक जगह टिके रहना किसी-किसी के ही नसीब में होता है। हर तीन-चार साल पर तबादला होना और शहर-दर-शहर भटकना ही तो नियति है। उसके साथ भी यही बात थी।

राजेश अभी आगे बढ़ ही रहा था कि एकाएक उसके बगल में एक कार आकर खड़ी हो गई। उसके आगे-पीछे पुलिस की गाड़ियाँ थीं।

''राजेश भैया, आप?'' कार में से किसी ने पुकारा।

राजेश हतप्रभ सा खड़ा हो गया। इस नए शहर में भला कौन उसका मित्र हो सकता है? अभी वह सोच भी नहीं पाया था कि कार का दरवाजा खुला और हाथ जोड़ते हुए कोई बाहर निकला।

''सुशीलजी, आप यहाँ?'' राजेश के अचरज की सीमा न रही। सुशील यहाँ और इस रूप में!

''जी, आप लोगों के आशीर्वाद से मैं आजकल यहाँ का जिलाधिकारी हूँ।'' सुशील ने विनम्रता से उत्तर दिया।

राजेश को सहसा अपने कानों पर विश्वास ही नहीं हो रहा था। जो कुछ सुना, वह कहीं सपना तो नहीं? मगर सच्चाई को भला झुठलाया भी कैसे जा सकता है!

सुशील ने फिर कहा, ''राजेश भैया, यदि कोई खास व्यस्तता न हो तो कृपया मेरे गरीबखाने

में तशरीफ ले चलें।''

राजेश को भला क्या एतराज हो सकता था। उसके लिए तो शाम का वक्त काटना मुश्किल हो रहा था। उसने हामी भरी और दोनों कार में ज़ा बैठे। एक-दूसरे की कुशल-क्षेम पूछने के बाद बातचीत का सिलसिला आगे बढ़ा।

राजेश एकाएक अपने बचपन में जा पहुँचा। वाराणसी शहर में उसने अपने बचपन के कुछ वर्ष गुजारे थे और वहीं के राजकीय विद्यालय में पढ़ाई-लिखाई की थी। सुशील उससे दो कक्षा कनिष्ठ (जूनियर) था।

उन दिनों राजेश ऊहापोह की स्थिति में जी रहा था। वह तय नहीं कर पा रहा था कि उसे कौन सा रास्ता अख्तियार करना चाहिए। उसकी नजरों में मंजिल तक पहुँचने के लिए दो रास्ते साफ-साफ़ दिख रहे थे। एक रास्ता अंग्रेजी के 'सर' का था और दूसरा रास्ता था हिंदी के गुरुजी का। विद्यालय में दोनों शिक्षक दो विपरीत ध्रुवों की तरह थे।

अंग्रेजीवाले 'सर' का व्यक्तित्व जितना ही स्मार्ट था, उनका पहनावा और रहन-सहन भी उतना ही अत्याधुनिक था। आँखों पर सुनहरे फ्रेम का चश्मा, सफाचट मूँछें, बदन पर शानदार सूट-टाई, हाथ में सिगार। उनके शिक्षण का उद्देश्य छात्रों को विषय की गहराई में ले जाना कतई नहीं था। बस, किसी तरह पाठ रटा देना और अधिक-से-अधिक ट्यूशन का जुगाड़ बैठा लेना उनकी ड्यूटी थी। पूरे विद्यालय में उनकी तूती बोलती थी। हेडमास्टर को भी उन्होंने पटा रखा था। ट्यूशन न पढ़नेवाले छात्रों को वह अधिक-से-अधिक परेशान करते थे। परीक्षा में ऐसे लड़कों को वे अंक भी बहुत कम देते और बार-बार ट्यूशन की महिमा का बखान करते। वह अकसर कहा करते थे—

मतलब से सबको मतलब है,
मतलब न रहा तो क्या मतलब!

'सर' को न तो यह देश अच्छा लगता था, न यहाँ के रीति-रिवाज ही। यहाँ की परंपरा, संस्कृति और रहन-सहन के तौर-तरीकों की खिल्ली वह आएदिन कक्षा में उड़ाया करते थे। हिंदीवाले गुरुजी भी अकसर उनकी आलोचना का शिकार हो जाते थे।

मगर हिंदीवाले गुरुजी ने तो जैसे नाराज होना सीखा ही न हो। वह 'सर' की बातों को मुसकराकर टाल देते थे। अपनी बड़ी-बड़ी मूँछें, बहुत ही साधारण किस्म के कुरता-धोती और हवाई चप्पलों में गुरुजी एक निपट किसान-से लगते थे। न तो उन्हें दिखावा प्रिय था, न ही तड़क-भड़क। ओढ़ी हुई आधुनिकता और बनावटीपन से उन्हें सख्त नफरत थी। कक्षा में पढ़ाने के साथ-साथ वह रहन-सहन के तौर-तरीकों की सीख दिया करते थे। उनका मानना था कि

शालीनता बिना मोल मिलती है, मगर उससे कुछ भी खरीदा जा सकता है। नमस्ते करने के बजाय वह बड़ों को प्रणाम करने और पाँव छूने की शिक्षा दिया करते थे। उनकी दृष्टि में ऐसा करने से हाथ जुड़ते हैं, माथा झुकता है और हृदय नत होता है। इस प्रकार, सही मायने में बड़ों के प्रति श्रद्धा का भाव जगता है। जिन परंपराओं को अंग्रेजी के 'सर' दकियानूसी बताते, उन्हें ही गुरुजी विज्ञान की कसौटी पर कसते और उनकी प्रासंगिकता पर प्रकाश डालते। यही कारण था कि दोनों में सदा ही शीतयुद्ध चलता रहता था। अंग्रेजीवाले 'सर' हेडमास्टर से शिकायत करते कि हिंदीवाले गुरुजी बच्चों को पोंगापंथी बना रहे हैं; जबकि गुरुजी बच्चों में अच्छे संस्कार डाले जाने की जरूरत पर बल देते।

मगर राजेश को हिंदीवाले गुरुजी का रहन-सहन आकर्षित नहीं कर पाता था। न ढंग के कपड़े-लत्ते, न प्रभावशाली व्यक्तित्व ही। दूसरी ओर अंग्रेजीवाले 'सर' आधुनिक लगते थे। चूँकि राजेश के परिवार की आर्थिक स्थिति अच्छी नहीं थी, अत: न तो वह 'सर' की नकल कर पाता था, न ही गुरुजी की सादगी को अपना पाता था।

गुरुजी का इकलौता बेटा सुशील भी निहायत ही सीधा-सादा दिखता था। गुरुजी की तरह उसके भी कपड़े सस्ते, मगर साफ-सुथरे होते थे।

'सर' का पुत्र एक महँगे अंग्रेजी स्कूल में पढ़ता था। कभी-कभी विद्यालय में शिक्षकों और विद्यार्थियों पर रोब झाड़ने के लिए 'सर' अपने बेटे को वहाँ बुलाते थे और अंग्रेजी में भाषण दिलवाने लगते थे।

परीक्षा नजदीक आने पर परीक्षा में पूछे जानेवाले प्रश्नों को 'सर' अपने प्रिय छात्रों को चुपके से थमा देते थे और उस 'एटम बम' के लिए मनमानी रकम ऐंठते थे।

मगर विद्यालय के हेडमास्टर चूँकि अंग्रेजीवाले 'सर' के पक्षधर थे, अत: गुरुजी को बार-बार चेतावनी दी जाती और उन्हें सिर्फ पाठ्य-पुस्तक से ही मतलब रखने के लिए कहा जाता। आखिरकार गुरुजी ने वहाँ से त्यागपत्र दे दिया था; मगर कुछ ही दिनों में उनकी नियुक्ति एक दूसरे विद्यालय में हो गई थी। अगले साल राजेश को भी स्कूल छोड़ना पड़ा था, क्योंकि वहाँ से पिताजी का स्थानांतरण हो गया था।

राजेश मन-ही-मन सोच भी रहा था और सुशील से बातें भी करता जा रहा था।

कितना सीधा और शिष्ट है सुशील! अगर कोई दूसरा होता तो इस ओहदे पर पहुँचने के बाद क्या किसी मामूली आदमी से बात करना भी पसंद करता?

तभी अचानक फिर 'सर' की याद हो आई और राजेश ने पूछा, "अच्छा, उन अंग्रेजीवाले 'सर' के बारे में कुछ अता-पता है क्या?"

"क्या बताएँ, भैया!" सुशील ने रुआँसे होकर कहा, "सर बहुत अधिक शराब पीने लगे थे। उन्हें बहुत पछतावा भी होता है; मगर पुनि पछताए होते क्या, जब चिड़ियाँ चुग गईं खेत! शराब और आधुनिकता ने उन्हें बरबाद कर दिया। उनका फैशनपरस्त लड़का अपने बीवी-बच्चों के साथ अलग रहता है। पत्नी स्वर्ग सिधार गईं। आजकल वह बहुत ही तंगहाली में दुःख और अकेलापन झेल रहे हैं। कोई उनकी देखभाल करनेवाला भी नहीं है।"

बेचारे सर! राजेश को बहुत आघात पहुँचा। फिर मुँह से अनायास निकल पड़ा, "जैसी करनी वैसी भरनी।"

जिलाधिकारी का बँगला आ गया था। कार से उतरकर जब दोनों आगे बढ़े तब लॉन में बैठे गुरुजी सुशील के बेटे-बेटी के साथ खेल खेलते हुए दिखाई पड़े। सचमुच, गुरुजी जरा भी

नहीं बदले। वही हँसी, वही सादगी। इधर राजेश ने हाथ जोड़कर गुरुजी को प्रणाम किया और उधर परिचय पाते ही बच्चे राजेश के पैरों की ओर आ झुके।

जब राजेश की नजर नेम प्लेट पर लिखे 'सुशील, भारतीय प्रशासनिक सेवा' और आलीशान बँगले पर पड़ी, तब राजेश को यह बात पूरी तरह समझ में आ गई कि मंजिल तक पहुँचने की सही राह कौन सी है। बच्चों को गोद में उठाते हुए अब राजेश मन-ही-मन बुदबुदा रहा था, ''सचमुच, शालीनता से सबकुछ खरीदा जा सकता है।''

शरारत

—महेश चंद्र सरल

दिवाकर बड़ा शरारती लड़का था। घर में माता, पिता, भाई, बहन—सभी थे। पिता दवाइयों की दुकान पर घर का खर्च चलाते थे। दिवाकर पढ़ने में भी तेज था, पर उसकी शरारतों से सभी परेशान थे। पता नहीं, कब क्या कर बैठे ?

वह अपनी बहन के यहाँ कानपुर गया था। वहाँ उसने ऐसी शरारत की कि सभी चिंतित हो उठे; पर उसके लिए तो वह सब खेल था।

उसने वहाँ के पुलिस अधिकारी के पास एक पत्र भेज दिया कि उसके मोहल्ले के एक मकान में गलत किस्म के लोग रहते हैं। उसने घर का नंबर देते हुए लिखा कि उसमें आने-जानेवालों पर निगाह रखी जाए। पत्र भेजनेवाले के स्थान पर उसने अपने बहनोई का नाम लिख दिया।

कुछ दिनों बाद उस मोहल्ले में नए और अजनबी से लोग घूमते दिखाई देने लगे। वे बारीकी से सबकुछ देखते और आने-जानेवालों पर नजर रखते।

आखिर एक दिन इसका रहस्य खुल गया। उस मकान में जीवन बीमा निगम के एक अधिकारी रहते थे, जिनसे मिलने एजेंट व अन्य लोग आया करते थे। पुलिस ने जाँच में सारी बात का पता लगाने के बाद दिवाकर के बहनोई से पत्र भेजने का कारण पूछा।

वह समझ गए कि यह हरकत दिवाकर की ही है। उन्होंने किसी भी प्रकार का पत्र भेजने से इनकार करते हुए अपनी लिखावट भी दिखाई। बाद में उसकी बहन ने अपने पिता को पत्र लिखकर सारी जानकारी दी।

दिवाकर यह सुनकर मुसकराता रहा।

अभी दो सप्ताह भी नहीं बीते थे कि दिवाकर की दूसरी शरारत रंग लाई। इस बार वह शेखी में आ गया और उसने अपना नाम तथा पता देकर वैसा ही एक पत्र प्रदेश के राज्यपाल के पास भेज दिया। उस दिन किसी कारण से पिता ने उसे डाँटा था, जिससे नाराज होकर उसने ऐसा किया था।

कुछ दिनों के बाद एक दिन एक अधिकारी ने आकर दिवाकर के पिता से पूछताछ की। वह उनके साथ घर तक गया। सभी लोग परेशान थे।

अधिकारी ने दिवाकर से शिकायती पत्र भेजने का कारण सबके सामने पूछा।

वह चुप रहा। आत्मग्लानि और पश्चात्ताप के आँसू उसकी आँखों से गिरने लगे। वह पिता के चरणों पर गिर पड़ा।

अधिकारी ने उससे कहा, "दिवाकर, तुम पढ़ने में तेज हो। तुम एक दिन मुझसे भी बड़े अफसर बन सकते हो। ऐसी शरारतें नहीं की जातीं, जिससे तुम्हारे माता-पिता तथा अन्य लोग संकट में पड़ जाएँ। भले घर के लड़के ऐसी शरारतों से दूर रहते हैं।"

दिवाकर ने हिचकियाँ भरते हुए शपथ ली कि वह भविष्य में कभी भी ऐसी शरारत नहीं करेगा।

यही दिवाकर आगे चलकर उच्च अधिकारी बना।

यदि फूलों की नींद तोड़ी तो...

—मालती शर्मा

अचल और अमित में गहरी दोस्ती थी। एक दिन भी वे बिना मिले नहीं रहते। साथ-साथ पढ़ते-खेलते। दोनों को बागबानी का शौक था। उस दिन शाम के साढ़े सात बज चुके थे, पर अमित का अभी तक पता न था। आज अचल का जन्मदिन था। अमित के सिवाय अचल के सभी मित्र आ चुके थे। अचल के बहुत प्यारे अंकल सुधीर भी आ गए थे; पर इन सबकी बधाइयों, उपहारों में अचल का मन रम नहीं पा रहा था। उसकी बेचैन आँखें गेट की तरफ लगी थीं। एक-दो बार वह बाहर भी देख आया था।

ऐसे ही इंतजार करते-करते आठ बज गए तो विश्व ने कहा, ''अरे यार, आ जाएगा वह, अटक गया होगा कहीं। लग गया होगा कोई काम। तुम केक तो काटो।''

''हाँ, भाई, कितनी देर हो गई, अब शुरू करो।'' राजेश बोला, पर अचल केक काटने नहीं उठा। बैठा रहा।

''तब चलो, अमित के घर चलकर देखते हैं, आखिर बात क्या है।'' कहकर सुधीर अंकल ने अचल को स्कूटर पर बिठा लिया।

वहाँ जाने पर उन्हें पता लगा कि अमित अस्पताल में है। बगीचे में फूल तोड़ते समय उसे किसी जहरीले कीड़े ने काट लिया था। सुधीर अंकल ने स्कूटर अस्पताल की ओर दौड़ा दिया।

अमित का पाँव नीला पड़ गया था, पर वह होश में था। अचल उससे लिपट गया।

''यह क्या हो गया, मित्र? किसने काट लिया तुम्हें?''

''क्या बताऊँ, अचल! बस, दुर्भाग्य से मुझे 'फूलों ने काटा'। जन्मदिन का यह विशेष

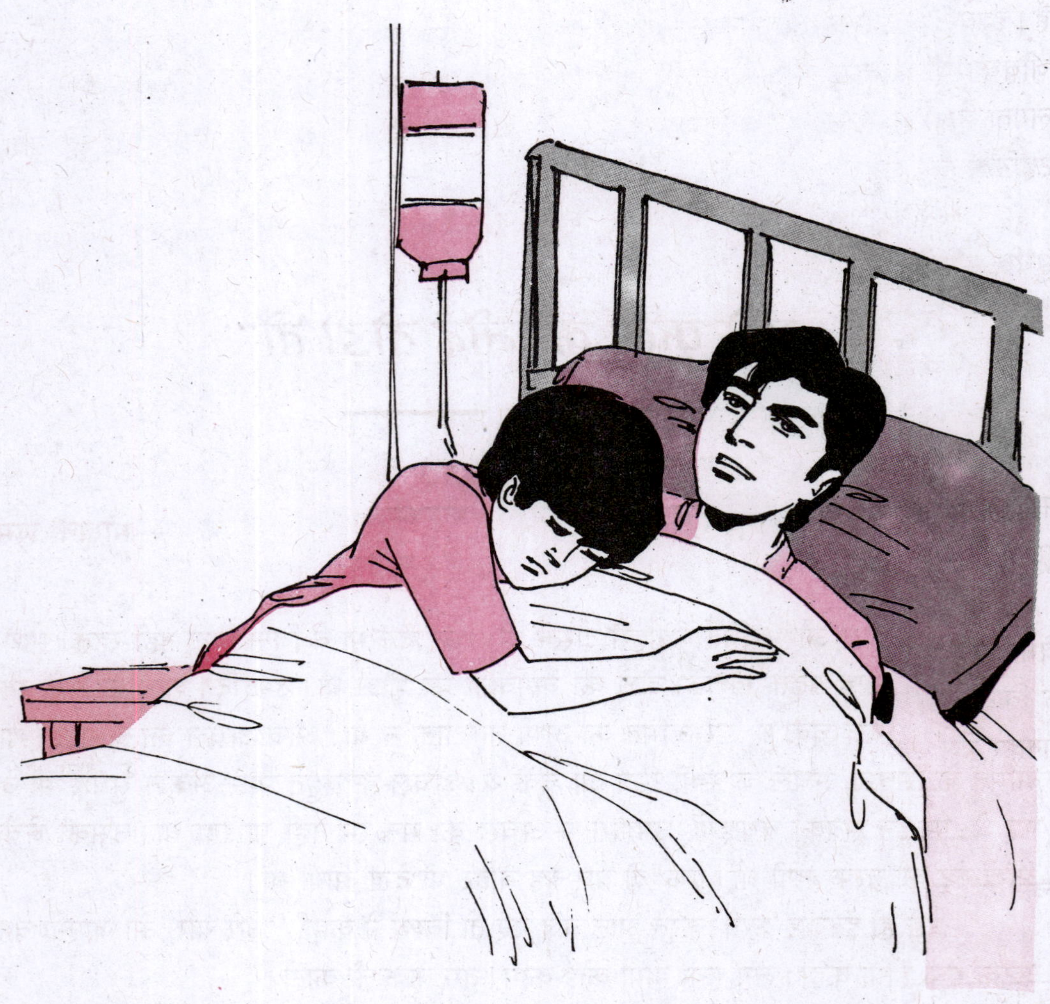

उपहार तुझे देने नहीं दिया।''

''पर तुम शाम ढले फूल तोड़ने गए क्यों?'' अचल ने पूछा।

''वो बीकानेरवाले चाचाजी आ गए थे, इस कारण देर हो गई।''

''तब फिर पीछे के अँधेरे गलियारे से क्यों गए?''

''सामने से जाता तो क्या दादी माँ जाने देतीं? वे तो दिन छिपने के बाद किसी पेड़ से एक पत्ती तक तोड़ने से मना करती हैं।''

''पर वे क्यों मना करती हैं, कोई कारण तो होगा?''

''कारण,'' अमित मुसकराया, ''कभी वे कहती हैं कि यह पुरखों से चला आया विधान

है। ईश्वर के विधान तोड़ने नहीं चाहिए। भगवान् नाराज हो जाते हैं। कभी कहती हैं कि सारे जीवधारियों की तरह पेड़-पौधे और फूल-पत्तियाँ भी तो सोती हैं। किसी की नींद तोड़ने से पाप लगता है। सब बेकार की दकियानूसी बातें हैं, यार! मैंने कई बार रात में फूल-पत्ती तो क्या, टहनियाँ तक तोड़ी हैं; पर…''

''लेकिन इस बार फँस गए। बार-बार वही गलती करने से भगवान् नाराज हो ही गए।'' सुधीर अंकल, जो अभी तक चुप थे, खिलखिलाकर बोल पड़े।

''वो तो चांस है कि मैं पीछे से अँधेरे में गया, वरना…''

''वरना बिजली के उजाले में मैंने कीड़ा देख लिया होता। है न यही बात?''

''हाँ, अंकल, यही बात है और सही बात भी है।'' अमित बोला।

सुधीर अंकल थोड़ा मुसकराए। कुछ देर सोचते रहे, फिर बोले, ''चलो, दिन-रात की न सही, पर अँधेरे-उजाले की बात, दोनों में अंतर की बात तो तुमने समझी। पर यह भी तो सोचो कि पुरखों के समय में रात को दिन करनेवाली बिजली कहाँ थी?

''बेटे! तुम नहीं जानते कि दिन छिपने के बाद पेड़-पौधों से फूल-पत्ती न तोड़ने का विधान हमारे जीवन की सुरक्षा, स्वास्थ्य की रक्षा, पर्यावरण संतुलन, वनों और वन्य जीवन-रक्षण के कितने गहरे अर्थ छिपाए हुए है। इसके वास्तविक अर्थ न समझकर बेकार की पुरानी बात मानकर हम अपने स्वास्थ्य और पर्यावरण को हानि पहुँचा रहे हैं, वन्य जीवन का नाश कर रहे हैं।''

''अंकल, रात में फूल-पत्ती तोड़ने से स्वास्थ्य-रक्षा का क्या संबंध? माना कि जीवन बचाने की बात ठीक है। कोई साँप, बिच्छू, कीड़ा-मकोड़ा काट ले; पर…'' अमित ने पूछा।

अंकल फिर मुसकराए और बोले, ''तुम लोग विज्ञान के विद्यार्थी हो। यह तो जानते ही हो कि पेड़-पौधे रात में कार्बन डाइऑक्साइड गैस छोड़ते हैं। कुछ वृक्ष ऐसे भी होते हैं, जिनसे रात को हानिकारक गैस निकलती है। उस समय उनके पास जाना स्वास्थ्य के लिए खतरनाक हो सकता है।

''फिर दादी माँ की फूल-पत्तियों की नींद तोड़ने से पाप लगने की बात भी सही है। हमारे वृक्षों पर अनेक पक्षी-पखेरुओं के, जीव-जंतुओं के घर बने होते हैं। शाम ढले ये सब अपने-अपने रैन बसेरों में लौटते हैं। फूल-पत्ती तोड़ते समय अनजाने ही उनके अंडे और बच्चों को क्षति पहुँच सकती है। उनके घोंसले घरौंदे टूटकर गिर सकते हैं। यह नियम तो रात के अँधेरे में, आपसी लड़ाई-झगड़े की दुश्मनी में दुश्मन का बहुमूल्य पेड़ काट लेने के पाप से भी रोकता है।''

''क्या अंकल, आप भी! कहाँ बात हो रही है फूल तोड़ने की और आप पेड़ काटने तक पहुँच गए! भला रात में पेड़…'' अचल बोला।

''बेटा! इस दुनिया में अँगुली पकड़कर धीरे-धीरे हाथ पकड़ लेनेवाले लोग हैं। जो पत्ती तोड़ने जाएगा, वह भला अपने मतलब के लिए पेड़ काटने से चूकेगा? पाप का भय और भगवान् की नाराजगी का डर न हो तो लोग रात में कहीं से भी अपने काम की लकड़ी काट लेते। क्या क़ोई सुबह कह सकेगा कि ये इसने काटी है? क्या तुम सोच सकते हो कि भगवान् के नाराज हो जाने और पाप के भय से रात में पत्ती न तोड़ने के इस विधान ने हमारे खेतों और बाग-बगीचों में लगे पेड़ों के फलों तथा लकड़ी को लोभ और दुश्मनी में लुटने-काटने से बचाया है! कैसे हमारे वनों की उपज और लकड़ियों की चोरी तथा तस्करी रोकी है, वनों को संरक्षित रखकर विनाश से बचाया है, पर्यावरण में संतुलन बनाए रखा है। बाढ़, भूचालों, पर्वतों के खिसकने-धसकने को रोका है।''

''लेकिन अंकल, ये सारी बातें हमें बताकर रात में फूल-पत्ती तोड़ने से मना क्यों नहीं किया जाता?'' अमित ने पूछा।

''तब सब लोग नियम का पालन नहीं करते और फिर, न तो सबको ये बातें समझना संभव है और न सबको समझाकर मनाना ही।''

''लोगों के मन में भगवान् की नाराजगी और पाप का भय ही उन्हें रोक सका है, नियम मनवा सका है।''

''हाँ, बेटे, बात ऐसी ही है। चलो, अब झटपट चलो और केक काटो। तुम्हारे मित्र लोग इंतजार से ऊबकर ऊँघने लगे होंगे।''

उसके बाद अमित से विदा लेकर अचल अपने अंकल के साथ चला आया।